BERND LEIX

Fächerkalt

EIN NASSES GRAB „Sie hängt im Schrank!“ – Ein heruntergekommener junger Mann taucht im Karlsruher Polizeipräsidium auf und behauptet, seine Tante auf dem Gewissen zu haben.

Die Ermittlungen der Mordkommission führen in ein unbewohntes, leer geräumtes Anwesen. Kriminalhauptkommissar Oskar Lindt kann in der grausam kalten Umgebung die Nähe des Todes förmlich spüren. Im Hof entdeckt er schließlich eine alte Jauchegrube. Und dort, im stinkenden braunen Wasser, offenbart sich ihm Grauenvolles …

Bernd Leix, 1963 geboren, studierte Forstwirtschaft und lebt heute in Alpirsbach im Schwarzwald. Er arbeitete einige Jahre als Revierförster im Karlsruher Hardtwald und kam dort mit nahezu jeder Art von Kriminalität in Berührung. »Fächerkalt« ist der siebte Fall für Kriminalkommissar Oskar Lindt.

Bisherige Veröffentlichungen im Gmeiner-Verlag:
Fächergrün (2011)
Fächertraum (2009)
Waldstadt (2007)
Hackschnitzel (2006)
Zuckerblut (2005)
Bucheckern (2005)

Personen und Handlung sind frei erfunden.
Ähnlichkeiten mit lebenden oder toten Personen
sind rein zufällig und nicht beabsichtigt.

1

Der Mann roch ungewaschen. Lag es an Schweiß, Rauch, faulen Zähnen oder vier Wochen lang getragenen Socken? Muffig nannte Carla diesen Geruch. Muffig wie das Zimmer, in dem ein ungepflegter alter Mann seine letzten Jahre verbringt. Muffig, dieser Ausdruck seiner Frau kam Oskar Lindt sofort in den Sinn, als der schlanke Typ mit den nassen, recht langen dunklen Haaren auf dem Gang des Karlsruher Polizeipräsidiums an ihm vorbeiging und eine üble Duftwolke nach sich zog.

Der Kommissar blieb stehen und schaute ihm hinterher. Einer, der auf der Straße lebte? Die Kleidung sah nicht danach aus, der Geruch hingegen war eindeutig. Anscheinend wusste er, wo er hinwollte, denn der Mann ging zielstrebig in die Richtung, aus der Lindt gekommen war. Sicherlich hatte man ihm an der Pforte die richtige Zimmernummer genannt.

Oskar Lindt rümpfte die Nase und ging weiter. Langsam und nachdenklich, kein leichter Gang, denn er war auf dem Weg zum Leiter der Kriminalpolizei.

Sein Mitarbeiter Jan Sternberg sollte eine Rüge erhalten, eine schriftliche Missbilligung, wie das in Beamtendeutsch genannt wurde. ›Er trägt sein Herz halt auf der Zunge‹, wollte er dem Kriminaldirektor gleich unter vier Augen sagen, um damit die bekannt vorlaute Art des jungen Beamten in einem etwas milderen Licht erscheinen zu lassen.

»Seine Arbeit ist hervorragend«, stellte der Hauptkommissar dann im Gespräch fest. »Viele unserer Ermittlungserfolge wären ohne Jan gar nicht möglich gewesen.« Er schob dem Gegenüber eine Zusammenstellung hin, an der er einen halben Tag gearbeitet hatte. »Eigentlich ist er ein Aufstiegskandidat.«

Kripochef Rainer Beck, ein Jurist, der seit Längerem mit einem Karrieresprung an das Innenministerium nach Stuttgart liebäugelte und deutlich jünger war als sein altgedienter Kommissar, schob das Papier zur Seite, ohne es eines Blickes zu würdigen.

»Kommissarlehrgang? Mit einem solchen Benehmen? Lindt, ich bitte Sie! Undenkbar! Wie viele Jahre versuchen Sie schon, diesem Sternberg Manieren beizubringen?«

»Er hat sich bereits deutlich gebessert. Manchmal gehen halt einfach die Pferde mit ihm durch.«

»Eben! Und deshalb braucht er an den gehobenen Dienst nicht mal im Traum zu denken. Wer zu einer Kollegin sagt, sie wäre zu Hause am Herd besser aufgehoben als bei der Drogenfahndung, der weiß einfach nicht, was sich gehört.«

»Ich habe ihn noch am selben Tag ordentlich in den Senkel gestellt. Danach hat er sich umgehend bei ihr entschuldigt. Genügt das denn nicht?«

»Es ist ja nicht das erste Mal, dass bei Ihrem Mitarbeiter die Zunge schneller war als der Kopf.« Beck begann in der Personalakte zu blättern, die er vor sich liegen hatte. »Gerade mal ein halbes Jahr ist es her, da hat er die Verkehrspolizei als ›unfähige Pennertruppe‹ bezeichnet.«

Lindt wurde rot im Gesicht. »Wenn man bedenkt, was die

sich damals erlaubt haben. Wir geben das Fahrzeug zur dringenden Fahndung raus und die Herren mit den weißen Mützen winken einfach durch. Hat mich sehr empört.«

»Sie haben sich allerdings trotzdem nicht so abfällig über die Kollegen geäußert.«

»Wenn Sie wüssten, was ich alles runtergeschluckt habe!«

»Lindt!« Der Kriminaldirektor bekam einen stechenden Blick. »Ich weiß, dass dieser Sternberg quasi Ihr Ziehsohn ist und dass Sie sich wie immer in Ihrer vollen Breite schützend vor ihn stellen.«

Lindts Gesichtsfarbe wechselte ob dieser Anspielung auf seine füllig gewordene Figur schlagartig auf dunkelrot.

Beck ließ sich davon nicht im Geringsten beeindrucken und fuhr fort: »Meine Geduld ist wirklich groß, sehr groß, aber ich verlange ein Mindestmaß an Disziplin von meinen Mitarbeitern. Wer immer wieder dagegen verstößt, hat mit entsprechenden Konsequenzen zu rechnen.« Er klopfte mit dem Zeigefinger auf den Ordner, der vor ihm lag. »Deshalb kommen wir nicht mehr umhin, Sternberg hier drin einen Eintrag zu verpassen.«

»Er wird das sicherlich rechtlich prüfen lassen«, meinte Lindt, doch Rainer Beck verzog nur verächtlich das Gesicht.

»Den Kollegen möchte ich sehen, der ihn da raushaut. Jeder Anwalt, der was taugt, wird Ihrem Assistenten zuerst mal ordentlich die Leviten lesen.«

»Hab ich doch selbst schon getan und er hat wirklich Besserung gelobt.«

»Wenn längere Zeit nichts mehr vorfällt, kann er die Sache

ja löschen lassen.« Beck erhob sich und signalisierte so das Ende des Gesprächs. »Sagen Sie es ihm klar und deutlich: Beim nächsten Vorfall gibt es eine Diszi, und zwar eine, die sich gewaschen hat!«

Lindt stemmte sich hoch. »Wahrscheinlich Versetzung zur Verkehrspolizei.«

»Fußstreife«, sagte Beck und ging voraus, um die Tür zu öffnen.

Der Kommissar verzog sich mit hängenden Schultern.

Gesenkten Blickes schritt er voran und drehte ein paar nachdenkliche Runden durch die Flure des Karlsruher Polizeipräsidiums. Das tat er häufig, wenn ihm das Wetter zu schlecht war, um draußen umherzugehen.

Ohne zu einem Einfall gekommen zu sein, wie sich die Missbilligung für seinen Mitarbeiter abwenden ließe, steuerte er schließlich wieder das Büro der Mordkommission an.

Lindt roch es, ehe er um die Ecke bog. Der wird doch nicht … Aber bereits drei Schritte später sah er den Kerl. Gegenüber der Bürotür mit der Aufschrift ›Oskar Lindt Kriminalhauptkommissar‹ lehnte er an der Wand. Lindt registrierte Jeans einer undefinierbaren dunklen Farbe, spitze Cowboystiefel und eine ebenso nasse wie zerschlissene englische Wachscottonjacke.

Geistesgegenwärtig und ohne Blickkontakt aufzunehmen, bog er eine Tür früher ab und betrat das Büro seiner engsten Mitarbeiter Paul Wellmann und Jan Sternberg.

Paul machte eine eindeutige Kopfbewegung. »Hast du ihn gesehen? Will nur zu dir.«

Lindt rollte mit den Augen. »Dem bin ich vorher schon mal begegnet. Stinkt ja wie zehn tote …«

»Vorsicht, Chef«, fiel ihm Jan ins Wort, »nicht dass Sie etwas Verkehrtes sagen. Russen sind auch Menschen.«

»Du wirst ja wohl nicht behaupten, solche Sprüche hättest du von mir gelernt.«

»Wenn ich damit den Eintrag in die P-Akte verhindern kann?«, grinste Sternberg.

Der Kommissar machte ein bedenkliches Gesicht. »Sieht schlecht aus. Der Beck lässt nicht mit sich reden. Will echt ein Exempel statuieren. Der einzige Lichtblick ist, dass du den Vermerk in ein paar Jahren wieder löschen lassen kannst.«

Die Enttäuschung stand Jan ins Gesicht geschrieben. Er war fest überzeugt gewesen, dass sein väterlicher Vorgesetzter ihn da raushauen würde, doch der schob noch nach: »Natürlich nur, wenn du dir bis dahin nicht noch mal was zuschulden kommen lässt.«

»Also bekomme ich sozusagen Bewährung. Wenigstens was.« Sternberg senkte den Kopf.

»Nicht gleich aufgeben.« Lindt schaute ihn an. »Ich sprech' mal mit meiner Frau. Eine der drei Anwältinnen, bei denen sie arbeitet, ist auf Arbeitsrecht spezialisiert. Vielleicht kennt sie sich auch bei Beamten aus.«

»Vielleicht«, stöhnte Jan und ließ sich im Bürosessel kraftlos nach vorn rutschen.

»Abwarten«, antwortete Oskar Lindt und öffnete die Verbindungstür zu seinem eigenen Büro. »Haben wir eigentlich Gasmasken? Irgendwo?«

»Kennen Sie mich?«, fragte der Kommissar den dunklen Typ, der auf der anderen Seite des Schreibtisches im Besucherstuhl Platz genommen hatte.

»Wieso? Weil ich speziell zu Ihnen wollte?«

Lindt nickte, aber gleichzeitig ärgerte er sich. Es missfiel ihm, wenn einer seiner ›Kunden‹ Gegenfragen stellte.

»Sie sind doch der, der alle kriegt? Oder?«

»Wer sind alle?«

»Na, Mörder, Totschläger, Brandstifter, Vergewaltiger. Die bringen Sie alle in den Knast. Ihnen entkommt niemand.«

»Wer fragt das?«

»Sie wollen wissen, wer ich bin? Fragen Sie lieber, warum ich hier sitze.«

Lindt stand auf und öffnete auch noch das zweite Fenster, obwohl es draußen wie aus Kübeln schüttete.

»Ich weiß, dass ich stinke wie ein …« Den Rest verschluckte er. »Wenn Sie mich eingebuchtet haben, bekomme ich ja endlich frische Kleider und eine heiße Dusche.«

Der Kommissar hob die Augenbrauen und ging zur Verbindungstür ins Nebenzimmer. »Es macht Ihnen sicherlich nichts aus, wenn einer meiner Kollegen dazukommt.«

Der Dunkelhaarige zuckte die Schultern. »Ich dachte, Sie schaffen das alleine.«

Paul Wellmann kam herein, ließ die Tür offen, damit Jan Sternberg mithören konnte, und lehnte sich an den niedrigen Aktenschrank, auf dem des Kriminalhauptkommissars Pfeifensammlung thronte.

»Ich glaube, Sie haben uns etwas Interessantes zu berichten«, munterte Lindt den Besucher auf.

Der griff in die Tasche seiner durchnässten Wachsjacke, zog eine laminierte Visitenkarte hervor und legte sie auf den Tisch.

»Das sind Sie?«, fragte der Kommissar und griff danach.

»Dass ich nicht Irene heiße, können Sie sich wohl denken«, brummte der Muffige. »Das ist die, die ich auf dem Gewissen habe!«

Lindt sah ihn durchdringend an. Dann blickte er wieder auf die Karte. ›Irene Stoll – Antiquitäten‹, darunter zwei Adressen. Eine lag im Karlsruher Stadtteil Knielingen, die andere irgendwo im Schwarzwald.

»Aha.«

»Nix aha, Sie glauben mir wohl nicht. Bitte, nehmen Sie mich endlich fest.«

»Daran soll's nicht fehlen«, sagte Paul Wellmann und zog die Handschellen aus dem Gürteletui. »Wir wissen allerdings immer gerne, wen wir da eigentlich einsperren.«

Wortlos griff der Dunkle ein zweites Mal in seine abgeschabte Jacke. »Mein Ausweis«, sagte er und reichte ihn Oskar Lindt. »Der Name müsste Ihnen bekannt sein.«

»Konstantin von Villing, den Vornamen kenne ich nicht, den Nachnamen dafür umso besser. Ist Eduard Ihr …?«

»Mein Vater, besser gesagt, er war mein Vater.«

»Wieso?«

»Nein, nicht was Sie denken. Der Alte lebt und erfreut sich bester Gesundheit. Jeden Tag eine Flasche Roten und fünf dicke Havannas, den bringt so schnell nichts um.«

»Geht er noch auf die Jagd?«

»Er tut nichts anderes. Eduard von Villing lebt quasi in seinem Wald. Schießt auf alles, was seinen Kopf aus dem Busch streckt, und freut sich dann tierisch, wenn er wieder so ein armes Vieh umgebracht hat.«

»Damals hat er ja mit der .357 Magnum geschossen«, verschränkte Lindt die Arme und lehnte sich zurück.

Der Dunkelhaarige grinste. »Etwas zu plump, Ihr Versuch, Herr Kommissar. Sie konnten ihm vor zehn Jahren nichts nachweisen und so gern ich wüsste, welches Schwein meine Mutter auf dem Gewissen hat, ich kann Ihnen leider nicht weiterhelfen. Obwohl ich meinen Vater zu gern leiden lassen würde. Grund genug hätte ich. Wie gesagt, für mich ist er tot, so tot wie meine Mutter. Aber das ist eine Sache zwischen ihm und mir – nur zwischen uns beiden!«

»Dann befassen wir uns am besten mal mit Ihnen.« Der Kommissar schielte wieder auf den Personalausweis seines Gegenübers. »Herr Konstantin von Villing. Ich kann mich gar nicht erinnern, Sie damals kennengelernt zu haben.«

»Zu der Zeit lebte ich in Amerika.« Seine Augen begannen zu leuchten. »Montana, waren Sie jemals da? Endlose sanfte Hügel, Weideland, alles unser Land – nein, mein Land, er hatte auf mich gebaut und es mir überschrieben, als ich 21 wurde. Alles voller Rinder, dahinter die Gipfel der Rockys. Traumhaft, davon haben wir im engen Deutschland ja gar keine Vorstellung. Tagelang waren wir mit den Pferden unterwegs. Zelt, Lagerfeuer, Cowboy-Romantik pur.« Dann verschwand der Glanz in seinen Augen und er schaute auf den Boden. »Nur die Stiefel sind mir geblieben.«

»Sie sollten ein Buch drüber schreiben«, meinte Paul Wellmann trocken. »Vielleicht wird das Melodram sogar verfilmt.«

»Bald werde ich genügend Zeit dafür haben«, antwortete der Besucher und blickte ihn traurig an.

»Darf ich raten?«, fragte Lindt. »Sie haben die Ranch im jugendlichen Übermut an die Wand gefahren?«

»Ja und nein. An sich lief alles bestens. Wir waren berühmt für unser Fleisch. Feinste Marmorierung.«

Der Kommissar leckte genießerisch über seine Lippen.

Von Villing grinste unverschämt und fixierte dabei Lindts ansehnlichen Wohlstandsbauch. »Aha, ein Kenner, hätt' ich mir ja denken können.«

Des Kommissars Gesicht verfärbte sich wieder, seine Augen verengten sich zu Schlitzen und er knurrte: »Los, weiter! Was geschah mit der Ranch?«

»Unsere Viecher waren begehrt. Steaks werden schließlich immer gegessen. Nein, mein Abstieg begann mit dem Aufstieg. Ich wollte zeigen, dass ich mehr kann, mehr als nur ein Kuhhirte zu sein. Wozu hatte ich schließlich den Master of Economics in der Tasche.«

»Harvard?«

»Klar, wo lassen die reichen deutschen Väter ihre Söhne denn sonst studieren?«

»Und als amerikanischer Elite-Absolvent wollten Sie den Traum mit einem traumhaften Vermögen vollkommen machen.«

»Ist wohl nicht schwer zu erraten. Wall Street, New Economy, die Kurse explodierten, ich schwamm ganz oben auf der Welle, belieh die Ranch, um mein Kapital zu erhöhen, nahm mehr und mehr Kredite auf.«

»Bis die Blase platzte.«

»Ich war nur einer von vielen. Von den vielen, die nicht glauben wollten, dass Börsenkurse auch wieder einbrechen können. Wie das Kaninchen saß ich hypnotisiert vor der Schlange und sah tatenlos zu, wie sich mein sagenhaftes Vermögen in nichts auflöste.«

»Da waren Sie ja nicht der Einzige, der den richtigen Verkaufszeitpunkt verpasst hat«, stellte Paul fest.

»Mittlerweile steh' ich drüber. Damals nicht. Viele sind gesprungen. Auch ich saß fünfmal am Rand irgendwelcher Dachterrassen, doch mir fehlte immer der Mut.«

»Dann gehörte die Ranch der Bank und Sie fanden sich plötzlich in Deutschland wieder?«

»Jahrzehnte im Familienbesitz, plötzlich alles weg und trotzdem bezahlte mein Vater mir den Rückflug.«

»Verlorener Sohn im 20. Jahrhundert.«

»Genau wie in der Bibel. Sogar mit offenen Armen wurde ich empfangen. Niederlagen machen stark, das war sein ganzer Kommentar.«

»Also hat Ihr Vater an Sie geglaubt. Wurde er noch mal enttäuscht?«

»Dafür war er zu vorsichtig. Er nahm mich in die Geschäftsleitung seiner Firma auf, als einen von drei Geschäftsführern. Klar, dass das nicht lange gut ging. »

»Villing – Stahl existiert doch noch immer.«

»Seit fünf Jahren ohne mich. ›Das war deine zweite Chance‹, sagte der Alte, als er mich rausnahm.«

»Stört es Sie?«, fragte Oskar Lindt, griff nach einer seiner Pfeifen und begann zu stopfen, ohne eine Antwort abzuwarten.

Konstantin von Villing schüttelte den Kopf und zog ein Päckchen Camel aus der Jacke, worauf der Kommissar ihm den Aschenbecher zuschob und anschließend den Personalausweis umdrehte.

»Ist die Adresse aktuell?«

Von Villing nickte. »Theoretisch schon.«

»Praktisch?«

»Ich kann nicht mehr rein.«

»Schlüsseldienst!«

»Quatsch, ich kann nicht ... Ich meine, eigentlich könnte ich schon, aber ...«

»Aber?«

Von Villing zog angestrengt an seiner Zigarette, inhalierte tief, hob dabei die schmalen Schultern und drückte den Rauch dann langsam zu den Nasenlöchern hinaus. »Sie hängt im Schrank!«

Oskar Lindt kniff die Augen zusammen. »Was hängt im Schrank?« Ein irrsinniger Gedanke fuhr ihm durch den Kopf. »Oder müsste ich etwa fragen: Wer hängt im Schrank?«

Sein Gegenüber nickte kaum wahrnehmbar.

Der Kommissar schoss so schnell aus seinem Sessel empor, dass glühende Tabakkrümel aus der Pfeife spritzten. »Wollen Sie uns veräppeln?« Er drückte den breiten Zeigefinger auf die Visitenkarte. »›Irene Stoll, Antiquitäten‹ – die hängt im Schrank?«

»Seit zwei Wochen«, stieß von Villing gequält aus. »Original Barockschrank, mindestens 17 Mille wert.«

»Bemalt?«

»Intarsien natürlich, was dachten Sie denn.«

Jan Sternberg tauchte in der Türe auf. »Ich fahr dann schon mal vor.«

»Nichts da, Jan. Hier geblieben! Auf ein paar Minuten kommt es nicht mehr an.«

»Sie glauben mir nicht? Stimmt's?«

Der massige Kommissar ließ sich wieder fallen und stieß eine Rauchwolke aus, die jeder Dampflok Ehre gemacht hätte. »Wir erleben hier ja allerhand, aber in Schränken hängen normalerweise Kleider und keine Menschen.«

»Außerdem«, mischte sich Paul Wellmann ein, »sind diese alten Dinger doch nicht besonders hoch. Wie soll sich denn da jemand …?«

»Denken Sie, ich spinne?« Von Villing bekam einen verzweifelten Blick. »Bitte, so glauben Sie mir doch. Und außerdem hat sie sich nicht selbst …«

»Sondern?«

»Wie ich schon sagte …«

»Sie haben diese Frau auf dem Gewissen«, stellte Lindt fest, rollte mit den Augen und stemmte sich empor. »Also gut, Zeit für einen kleinen Ausflug. Wenn Sie vorher bitte so freundlich wären, den Inhalt Ihrer Taschen hier auf den Tisch zu legen.«

Dann zeigte er auf Sternberg. »Unser Kollege in der Tür dort, der wird Sie abtasten.«

»Muss das sein?«

»Sie wollten doch festgenommen werden. Das gehört dazu.«

Widerwillig zog der schmale dunkelhaarige Mann seine feuchte Wachsjacke aus und hängte sie über den Stuhl. »Die ist leer.«

Jan Sternberg hatte sich bereits Handschuhe übergestreift und untersuchte das stark müffelnde Teil, während von Villing widerwillig den Tascheninhalt seiner Jeans auf die Tischplatte legte: ein Schlüssel an einer langen vernickelten Kette, ein kleines Taschenmesser und eine dünne lederne Geldbörse. »Auch leer!«, stellte er fest und zog sie auseinander. Dann hob er die Arme und drehte sich zu Sternberg. »Bitte!«

2

Zehn Minuten später, der Regenschauer war vorüber, öffnete sich das Hoftor des Karlsruher Polizeipräsidiums und ein weinroter Citroën XM fuhr heraus – am Steuer Oskar Lindt, Paul Wellmann daneben und auf den weichen Polstern des Rücksitzes Jan Sternberg und ein übel riechendes Häufchen Elend.

»Wo haben Sie die letzten Tage verbracht?«, wollte Lindt wissen und schielte in den Rückspiegel, um von Villings Gesicht zu sehen.

»Ich eigne mich nicht zum Leben auf der Straße, das habe ich jedenfalls deutlich gemerkt. Außerdem sind die besten Schlafplätze eh vergeben.«

»Die trockenen und warmen, meinen Sie?«

Er nickte. »Einer hat mir 'ne Decke gegeben. Als es mich überall gejuckt hat, da hab ich gemerkt, das war die Zweitdecke von seinem Hund.«

Der Kommissar schüttelte sich beim Gedanken an eine Flohjagd in den Samtpolstern des Citroën. »Ich hoffe, die Tierchen haben wieder von Ihnen abgelassen, nicht dass wir diesen schönen Wagen hier noch ausnebeln müssen«, sprach's und drückte den elektrischen Fensterheber, um den Qualm seiner Pfeife aus dem Wagen zu lassen. Tatsächlich überdeckte der Rauch des Presstabaks die Ausdünstungen der Stinkbombe auf dem Rücksitz ziemlich gut.

»Da vorne links.«

»Wissen wir schon.« Lindt nickte und dachte an einen Fall von Brandstiftung, der sich vor Jahren in derselben Straße, hier im Karlsruher Stadtteil Knielingen, ereignet hatte.

Vor einem hohen, schwarz gestrichenen, kunstvoll geschmiedeten Eisentor hielten sie an. Von Villing machte keine Anstalten, auszusteigen. »Das Tor ist immer offen.« Er reichte dem Kommissar die lange, dünne Metallkette mit dem anhängenden Schlüssel. »Passt überall. Der Schrank steht hinten in der Scheune.«

»Los, kommen Sie!«, befahl Lindt. »Wenigstens bis in den Hof.«

Von Villings Augen weiteten sich und er begann kaum merklich zu zittern. »Auf keinen Fall!« Er klammerte sich am Griff der Wagentür fest. »Niemals mehr kann ich da hinein.«

»Sie wohnen doch da!«

»Jetzt nicht mehr. Und meine paar Sachen, die können Sie gleich mit rausbringen.«

Der Kommissar legte die Stirn in Falten. »Mann oder Memme?«, herrschte er das stinkende Bündel an. »Stellen Sie sich der Realität!«

Von Villing krümmte sich zusammen, zitterte jetzt deutlich und presste stumm seinen Kopf auf die Brust.

»Jan, schließ ihn am Griff fest«, wies der Leiter der Karlsruher Mordkommission seinen Kollegen an, dann wuchtete er sich aus den weichen Polstern des dunkelroten Franzosen.

Lindt drückte die schwere Eisenklinke nach unten und ohne den geringsten Laut schwang die schmälere Hälfte des glänzend schwarzen Tors zurück. »Behalt ihn im Auge«, raunte er Paul Wellmann zu und schritt zusammen mit Jan Sternberg nachdenklich über das Kopfsteinpflaster hinein. Über einen langen, schmalen Durchlass – kaum so breit wie ein Lieferwagen – gelangten sie in einen weitläufigen Innenhof, allseitig begrenzt von Gebäuden oder hohen Sandsteinmauern. Von der Straße aus konnte man durch die Gitterstäbe des Tores zwar einen kleinen Bereich des Hofes einsehen – der überwiegende Teil blieb neugierigen Blicken jedoch verborgen.

Lindt drehte sich einmal um die eigene Achse. Roter Sandstein, wo er auch hinsah. Das Wohnhaus vorn an der Straße, die große alte Scheune im Hintergrund, beide verbunden durch einen etwas niedrigeren Querbau, auf der anderen Seite eine hohe Umfassungsmauer und der fensterlose Giebel des Nachbarhauses.

»Nackt«, kommentierte Jan Sternberg und sprach aus, was auch Lindts erster Eindruck war. »Völlig nackt, auffallend nackt!«

Nicht der kleinste Gegenstand befand sich im Hofraum. Keine Sitzbank, kein Mülleimer, kein Fahrrad – einfach nichts. Selbst die spärlich zwischen den Pflastersteinen sprießenden Grashalme konnte man vermutlich an den Fingern zweier Hände abzählen.

Keine Werbetafel, kein Firmenschild, selbst der Briefkasten neben der dunklen Haustür war ohne Aufschrift. Nichts, wirklich gar nichts, was darauf hindeutete, dass sich hier der Firmensitz eines Antiquitätengeschäftes befand.

»Von Laufkundschaft hat die bestimmt nicht gelebt«, meinte Jan, ging zielstrebig auf das große Scheunentor zu und versuchte, den Riegel zurückzuschieben. »Nichts zu machen, Chef.« Er schüttelte den Kopf und zeigte auf eine Seitentür aus dunkelbraunem Eichenholz. »Versuchen Sie es mal mit dem Schlüssel?«

Lindt reichte seinem Mitarbeiter blaue Latexhandschuhe, dann zog er halb fröstelnd die Schultern hoch. »Also ich fühl mich hier nicht wohl.« Gewohnheitsmäßig schaute er sich noch einmal um und musterte dabei besonders die Fenster des Wohnhauses.

Er kniff die Augen zusammen. War da eine hastige Bewegung hinter den Fensterscheiben im Obergeschoss? Nein, eine Täuschung, vielleicht ein Lichtreflex. Gardinen gab es jedenfalls an keinem der Fenster. Konnte man eigentlich auch von der Straßenseite aus ins Haus gelangen? Ein vorderer Eingang war ihm gar nicht aufgefallen.

»Massive Türen!« Sternberg befühlte das Eichenholz und zählte: »Haus, Scheune, Werkstatt, überall dieselbe Machart.«

»Wieso Werkstatt?«, wollte Lindt wissen und musterte das etwas niedrigere Gebäude an der Längsseite des Hofes.

»Wetten, dass ich recht habe? So sieht eben eine Werkstatt aus.«

Sternberg nahm seinem Chef den Schüssel aus der Hand und steckte ihn ins Zylinderschloss.

»Halt!«, gebot der Kommissar. »Warte noch.« Er wandte sich von der Werkstatttür ab und ging Richtung Wohnhaus. Dort stieg er vier flache, breite Sandsteinstufen empor und stand vor der dunkelbraunen, leicht golden schimmernden Eingangstür. Ein glänzender Messingknopf ragte aus deren Mitte und Lindt drückte darauf. Melodiöser Dreiklang ertönte gedämpft durch das dicke Eichenholz.

Lindt wartete, aber er erwartete nichts. Es war ihm schon klar gewesen, als er den leeren kahlen Hof betrachtet hatte. Er erwartete nichts. Nichts, was noch hätte geschehen können. Nichts, was nicht längst geschehen war. Er fühlte eine merkwürdige Kälte über seinen Rücken ziehen, und wirklich, es rührte sich nichts.

»Hier gefällt's mir nicht, Chef«, raunte Jan Sternberg von hinten, erstaunlich leise, ja auffallend leise, völlig im Gegensatz zu seiner sonst so forschen Art.

Der Kommissar drehte sich um. »Du spürst es also auch.«

Jan zog die Schultern hoch. »Komische Stimmung hier, irgendwie kalt.«

»Ein Hauch, ein eiskalter Hauch.« Wie in Zeitlupe ging er die vier Stufen herunter und sah seinen Mitarbeiter traurig an. »Solche Orte wie hier, Jan, solche Orte machen uns fertig, die geben uns den Rest.«

Ohne ein weiteres Wort zu verlieren, ging er an Sternberg vorbei zum Tor. Es bedurfte keiner Aufforderung. Lindts junger Kollege war ebenso froh, den Hof verlassen zu können, und folgte seinem Chef.

Paul Wellmann sah die beiden kommen. Lindts Gesichtsausdruck genügte ihm. Er wusste Bescheid. »Schlimm?«

»Jan spürt es auch, eindeutig, ohne Zweifel. Wenn es irgendwo wohnt, dann hier. Bei jedem unserer Fälle begegnen wir ihm, aber da drin«, der Kommissar zeigte in den Hofraum hinein, »da drin ist es zu Hause. Zweifellos!«

»Soll ich Ludwig …?«

Lindt nickte nur stumm und trat zum Auto. Sein Blick traf den von Konstantin von Villing.

»Ich sehe, Sie verstehen mich jetzt«, sagte der und das Flackern in seinen Augen bedurfte keiner weiteren Erklärung.

»Wir waren nur im Hof.«

»Ach.«

»Demnächst kommen unsere Spezialisten.« Der Kommissar wandte sich zur Seite und griff in seine Jackentasche, um sich seine neue Pfeife zu stopfen. Mechanisch, automatisch, ohne nachzudenken, wie immer, wenn er nicht weiterwusste.

»In der Scheune«, kam von hinten.

»Wer wohnt außer Ihnen noch im Haus?«, drehte sich Lindt wieder um.

»Wohnte! Es muss heißen: Wer wohnte im Haus, denn ich wohne nicht mehr da, schon seit 14 Tagen nicht mehr, und sonst wohnt auch niemand mehr hier.«

»Und vorher? Sie und diese …«, der Kommissar zog die laminierte Visitenkarte aus der Brusttasche seines Hemdes, »… diese Frau Stoll?«

»Sonst niemand«, stellte von Villing lakonisch fest, »zumindest nicht, seit ich vor zwei Jahren eingezogen bin.«

»Und vorher? Was wissen Sie über die Zeit davor?«

Die Antwort war ein Schulterzucken. »Keine Ahnung, hat mich nie interessiert.«

Die Lüge stand ihm ins Gesicht geschrieben.

Lindt trat einen Schritt zurück, um den Gehsteig für ein älteres Ehepaar freizugeben. Deren Reaktion war genau so, wie der Kommissar es erwartet hatte. Sobald sie auf Höhe des Citroëns waren und erkannten, wer da auf der Rückbank des dunkelroten Wagens saß, erstarrten sie für einen Moment, um dann mit doppelter Gehgeschwindigkeit zu machen, dass sie fortkamen. Lindt gab Paul Wellmann ein Zeichen, ihnen zu folgen.

Fünf Häuser weiter öffnete das Ehepaar ein Hoftor. Wellmann nutzte die Gelegenheit, die beiden anzusprechen. Das Kopfschütteln konnte Lindt selbst auf die Entfernung deutlich erkennen.

»Sie werden Paul nicht reinlassen«, raunte Jan Sternberg seinem Chef halblaut zu.

»Sie werden von den Nachbarn nichts erfahren«, kommentierte von Villing durch das geöffnete Autofenster. »Hier hat mich noch nie einer gegrüßt.«

»Und, woran liegt das wohl?«, konterte Lindt.

»Ich hab keinem von denen was getan!«

»Sicher?«

»Wie meinen Sie das?«

3

Der eintreffende Transporter der Spurensicherung ersparte dem Kommissar eine Antwort. Zwei Streifenwagen und der Passat von Ludwig Willms, Chef der Kriminaltechnik, kurz KTU genannt, hielten kurze Zeit später hinter dem Dienstwagen des Kommissars.

»Ins Präsidium?«, fragte ein älterer Kollege der Schutzpolizei und zeigte auf den Passagier im Citroën.

Lindt schüttelte den Kopf. »Nein, das hätten wir auch ohne euch geschafft. Wir gehen jetzt da rein.« Er zeigte auf die schmale Hofeinfahrt.

»Und *das* konntet Ihr nicht alleine schaffen?«, stichelte Ludwig Willms.

»Wart's ab und komm«, knurrte Lindt. Dann führte er die Gruppe aus Kriminaltechnikern und uniformierten Polizisten in die Mitte des Hofes.

»Umschauen«, kommandierte der Kommissar. »Erst mal von hier aus.«

Anfangs stand Unverständnis auf den Gesichtern der Polizisten, doch schnell begriff einer nach dem anderen.

Als Erstes nahm eine blond gelockte Streifenbeamtin ihre Mütze ab und fuhr sich mit der flachen Hand über die Stirn. »Puh, kein angenehmer Ort.« Die anderen nickten mehr oder weniger bestätigend.

»Von hier geht nichts Gutes aus«, sagte Lindt. »Deswegen habe ich euch angefordert.« Rasch zählte er die Mannschaftsstärke durch. »Vier kommen mit mir in die Scheune und vier gehen mit Jan ins Haus.

»Haben wir denn …?«, wollte Ludwig Willms wissen.

»Genau, wir haben«, presste Lindt hervor. »Keinen Durchsuchungsbeschluss, aber Gefahr im Verzug.« Dann teilte er ein: »Eine Streifenbesatzung und zwei Techniker zu jeder Gruppe. Ludwig, du bleibst bitte bei mir.«

Willms zog die Schultern hoch. »Hast du deine Waffe dabei? Meine liegt im Schließfach.«

Lindt nickte und betastete seinen Hosenbund. Er nahm den Schlüssel und öffnete damit die Werkstatttür.

Die schwere Tür ließ sich lautlos nach innen drücken.

Das durch zwei Fenster einfallende Licht tauchte den Raum lediglich in ein schummeriges Halbdunkel, doch es genügte, um auf den ersten Blick zu erkennen, dass er völlig leer war. Groß, weitläufig, leer und kalt. Lindt spürte, wie die Kälte von dem unebenen Sandsteinfußboden durch seine Schuhsohlen kroch.

»Nichts«, kommentierte Ludwig Willms, »gar nichts«, und drehte einen altertümlichen schwarzen Lichtschalter. Mehrere Deckenlampen flackerten auf. Neonröhren, grelles blauweißes Licht, kaltes Licht.

In einer Ecke stand doch etwas. Ein niedriger, viereckiger Blechofen, Baumarktmodell, dunkelbraun lackiert, schwarze Ofentüren und ein ebenso schwarzes Rohr zum Schornstein.

Willms gab seinen Mitarbeitern knappe Anweisungen: »Türklinken, Fenstergriffe und auch den Aschenkasten.« Er wies auf die gepflasterte Längsrinne, die durch den gesamten

Raum führte. »Vielleicht war das hier früher mal ein Stall. Kuhstall, Schafstall, was weiß ich – für Pferde ist es jedenfalls zu niedrig.«

»Geißenstall«, stellt Lindt fest. »Nach dem Krieg gab es in fast jedem Haus ein paar Geißen, Entschuldigung«, er schaute in Richtung der blond gelockten Polizistin, »Ziegen – für unsere jungen Kollegen.«

»Die Kuh der armen Leute«, bestätigte Willms. »Obwohl – ärmlich sieht das Anwesen eigentlich nicht aus. Alles massiv aus Sandstein gemauert, so was konnten sich nur die Wohlhabenderen leisten. Die anderen hatten Fachwerk mit Lehm.«

»Dort gibt es anscheinend eine Verbindung in die Scheune.« Lindt zeigte auf eine zweiflügelige Tür an der hinteren Wand des Raumes.

Diesmal war es Willms, der öffnete und gleich nach der Stablampe an seinem Gürtel griff. »Finster«, raunte er nach hinten und leuchtete vorsichtig in das Dunkel.

»Leer, auch hier völlig leer.« Er trat in den Raum, fand einen Lichtschalter und drehte daran. Nach und nach schoben sich alle Polizeibeamten durch die Tür.

»Krass«, entfuhr es der jungen Streifenbeamtin. »Das volle Gegenteil.«

Lindt nickte. »Eine alte Scheune sieht jedenfalls anders aus.«

Geölte Fußbodendielen, kalkweiß getünchte Wände, die dicken eichenen Tragbalken sorgfältig gesäubert und dunkelbraun lasiert, eine breite Holztreppe führte nach oben zu einer weitläufigen Galerie – die frühere Ökonomie war offensichtlich aufwendig umgebaut worden.

»Hier drin könnte ich mir den 17-Mille-Barockschrank direkt vorstellen«, meinte der Kommissar. »Ist bloß …«

»… keiner da«, vollendete Willms den Satz.

Weiter kam er nicht, denn plötzlich wurde es noch heller. Tageslicht fiel durch eine hohe Glasfront, dazu das Gesicht von Jan Sternberg, der von außen gerade das breite hölzerne Scheunentor davor wegschob.

»Nobel, nobel«, sagte er und trat ein. »Aber wo ist der Schrank mit der Leiche?«

»Tja.« Lindt kratzte sich am Ohr. »Ein Ausstellungsraum könnte das hier schon sein, doch wo sind sie denn, die Antiquitäten der Irene Stoll?«

»Drüben im Haus ist es genauso leer. Bis auf das, was fest eingebaut ist, fehlt die gesamte Einrichtung.«

»Also sind die Vögel ausgeflogen.« Der KTU-Chef runzelte die Stirn. »Oskar Lindt lässt die Spurensicherung wegen eines leeren Hauses ausrücken. Wenn ich da an die Kosten denke …«

»Nicht so vorschnell, Ludwig«, verteidigte sich Lindt. »Ich möchte, dass ihr trotzdem alles absucht. Alles, auch Kellerräume und Dachböden.«

Ludwig Willms stieß seinen Zeigefinger in den ansehnlichen Wanst seines Kollegen. »Wieder mal dein Bauchgefühl! Wenn ich nicht wüsste, dass du damit schon öfter richtiggelegen hast, würde ich einen Aktenvermerk über Verschwendung von Steuergeldern schreiben, aber so«, er schaute die beiden Techniker an, »das volle Programm.«

Oskar Lindt hob die Augenbrauen und wandte sich an seinen jungen Kollegen: »Jan, jetzt holen wir ihn.«

»Was? Wen? Meinen Sie etwa …?«

»Genau!«

Sternberg schüttelte den Kopf: »Da brauchen wir sicherlich körperliche Gewalt. Der wehrt sich doch mit Händen und Füßen. Er will ja nicht mal aussteigen.«

»Na und? Dann bleibt er halt sitzen«, sprach der Kommissar, trat aus der Scheune, überquerte strammen Schrittes den Hof und entriegelte den Rest des schmiedeeisernen Einfahrttores.

Ohne einen weiteren Kommentar und ohne den stinkenden Mitfahrer auf dem Rücksitz nur eines Blickes zu würdigen, setzte er sich hinters Steuer seines Dienstwagens, startete den Motor, überhörte das »Was? Wohin?« von hinten, fuhr ein paar hundert Meter die Straße entlang, wendete in einer Garageneinfahrt, brauste die kurze Strecke zurück und bog schwungvoll in den Hof des Sandsteinanwesens.

Das schrille »Neeeiiiin« überhörte Lindt. Panisch riss Konstantin von Villing an der Handschelle, mit der er am Türgriff fixiert worden war, doch es half nichts. Lindt war bereits mitten auf dem Hof.

In aller Seelenruhe stieg der Kommissar aus, lehnte sich neben der hinteren Beifahrertür an den Wagen und begann wortlos, eine neue Pfeife zu stopfen.

Der übelriechende Passagier war auf der Rückbank zusammengeklappt und hielt seinen Kopf zwischen den Knien verborgen. Die angsterfüllt schnelle Atmung ließ seine fettigen Haare und den rundgebeugten dürren Körper beben.

Oder war es eher ein Schluchzen? Lindt schielte sorgenvoll in den Fahrzeuginnenraum.

»Sie sind schon ein ziemlicher Versager«, sagte er nach einigen schweigsamen Minuten. Und als von Villing schließlich verwirrt und mit roten Augen den Kopf hob, ergänzte er: »Nicht mal jemand umbringen können Sie.« Dann blies er eine dicke Rauchwolke direkt durch das geöffnete Autofenster hinein.

»Was? Wieso? Sie hängt doch …« Er verstummte, denn Lindt hatte den Wagen so geparkt, dass er direkt vor den großen Glasfenstern der Scheune stand.

»Wo, im Schrank?« Die Stimme des Kommissars wurde schneidend scharf: »Wollen Sie uns eigentlich verschaukeln? Ich sehe jedenfalls keinen Schrank. Da drin ist alles leer!«

»Aber … aber …«, stotterte von Villing und seine roten Augen wurden immer größer.

Lindt nutzte diesen Augenblick, riss die Tür auf und den Gefesselten fast mit nach draußen. Die Beine steckten im Fußraum fest, der Oberkörper hing in der Luft – ein blitzschneller Griff zum Hosenbund und die kräftigen Arme des obersten Karlsruher Mordermittlers beförderten die ekelhafte Fracht ins Freie.

»Aaah, mein Arm«, schrie von Villing. Halb hockte, halb kniete er jetzt auf dem Kopfsteinpflaster mit dem Gesicht zum Wagen.

Umständlich und nicht besonders schnell fingerte Lindt in seinen Jackentaschen herum, bis er den kleinen Schlüssel gefunden hatte.

»Endstation, alles aussteigen«, sagte er und öffnete die Handschelle am Türgriff. »Die Fahrt endet hier.«

Von Villing rappelte sich hoch und hielt sich mit schmerzverzerrtem Gesicht den verdrehten rechten Arm.

Paul Wellmann hatte das Hoftor, das offenbar auch elektrisch betätigt werden konnte, mittlerweile wieder vollständig geschlossen und betrachtete von der Durchfahrt aus die ganze Aktion. Mit einem leichten Nicken signalisierte er, auf seinem Posten zu bleiben.

Jan Sternberg hingegen trat ebenfalls zum Citroën. »Unser Chef ist halt manchmal etwas impulsiv«, sagte er und hielt von Villing ein geöffnetes Camel-Päckchen hin. »Nehmen Sie ruhig, Ihre sind ja noch im Präsidium.«

Sternberg gab Feuer. »Was ist das da drüben eigentlich? Werkstatt oder Stall?«

»Wieso?« Die Antwort klang gequält. »Das sehen Sie doch an den ganzen …« Er stockte. »Oder ist da drin etwa auch nichts?«

»Kommen Sie!« Sternberg fasste die vom rechten Handgelenk herunterhängende Handschelle und zog von Villing hinter sich her durch die offene Tür.

»Was soll hier stehen? Maschinen, Werkzeug, Hobelbänke? Vielleicht eine kleine Schreinerei zum Aufpeppen der Antiquitäten? Also außer ein paar Kraftstrom-Steckdosen seh' ich nichts, gar nichts.«

»Aber wo …?« Ungläubiges Staunen.

»Etwas Sägemehl und ein paar Hobelspäne haben unsere Techniker gefunden.«

»Und im Haus?«

»Alles leer – besenrein.«

Oskar Lindt war den beiden mittlerweile gefolgt. »Raus mit der Sprache! Was wissen Sie? Was ist hier passiert?«

Von Villing öffnete den Mund, doch es kam kein Ton heraus, und dann zog er es vor, zu schweigen.

Die lange, schmale, schmuddelige Gestalt stand in der Mitte des Raumes, der bis vor Kurzem wahrscheinlich noch eine Holzwerkstatt gewesen war. Stand, schaute geradeaus und schwieg.

Auch die Kripobeamten sagten nichts. Der massige Kommissar lehnte an der Wand, zog an seiner Pfeife und musterte Konstantin von Villing. Jan Sternberg stand am Ofen, zog an einer Zigarette und tat dasselbe. Die Kriminaltechniker und die Streifenbeamten hatten das nötige Gespür für Lindts Ermittlungsmethoden bewiesen und den Raum verlassen.

Endlos lange Minuten geschah nichts. Von Villing bewegte sich nicht einmal, als die Camel zwischen seinen Fingern bis zum Filter abgebrannt war. Er ließ sie fallen, trat jedoch nicht darauf.

Die Wolken aus der Pfeife des Kommissars sammelten sich unter der Decke und waberten nebelhaft um die Neonröhren.

Langsam war die Kälte wieder zu spüren. Langsam, unerbittlich. Vom Boden und von den Wänden. Die Steine schienen sie abzustrahlen, eine gnadenlose, unbarmherzige Kälte, eine Kälte, die alles durchdrang. Schuhe, Strümpfe, Jacken, Hemden.

Lindt war der Erste, der unruhig wurde und sich die Arme um den Leib schlang. Schließlich begann auch Sternberg, von einem Bein aufs andere zu treten. Nur Konstantin von Villing blieb völlig unbeweglich. Er musste die Kälte ebenso spüren, stand jedoch wie festgenagelt.

4

Der Klingelton aus seiner Jackentasche erlöste den Kommissar. Er warf einen Blick aufs Display, drückte auf ›Abweisen‹. Dann machte er eine Kopfbewegung zu Jan Sternberg. »Bring ihn ins Auto.«

Froh über die Möglichkeit, sich zu bewegen, ging Lindt mit schnellem Schritt zum Hoftor, wo sein Kollege immer noch Wache stand.

»Gut, dass du mich angerufen hast, Paul. Bin kurz vor dem Erfrieren. Die Konfrontation war ein glatter Reinfall.«

»Hat nichts gebracht?«

»Die leeren Räume haben ihn irgendwie geschockt. Er ist vollkommen apathisch und stumm. Steht wie festgepappt und sagt gar nichts mehr.«

»Zeit, Oskar. Wir brauchen Zeit. Keine Reaktion ist auch eine Reaktion.«

»Du hast gut reden, Paul. Hoffen wir mal, dass du recht hast. Aber bei dir hier draußen ist es wenigstens nicht ganz so eisig wie dort drin. Ich sag dir, wenn wir diesen Fall aufklären wollen, müssen wir uns warm anziehen.«

»Winterstiefel im Oktober? Übertreib mal nicht.«

»Kannst gerne reingehen, aber sag mir lieber, warum du mich angerufen hast.«

»Wegen der da drüben.« Paul Wellmann zeigte zum Haus auf der anderen Straßenseite. »Bisher haben sich ja alle Nachbarn zurückgehalten, so wie das ältere Ehepaar vorhin. Niemand ist nähergekommen, um zu gaffen, alle halten Abstand.«

Weiter vorn in der Straße standen einige Leute beieinander und schienen sich über das Polizeiaufgebot zu unterhalten.

»Und dort drüben?«

»Da wohnt eine alte Frau. Bestimmt weit über 80 und kann kaum mehr laufen.«

»Die kam rüber?«

»Du wirst es nicht glauben. Kam mit ihrem Rollator angewackelt, schnurstracks auf mich zu.«

»Und dann?«

»›Was wollen Sie da drin?‹, hat sie mich gefragt und natürlich das Haus damit gemeint. ›Bleiben Sie lieber draußen‹, hat sie gesagt. ›Es liegt kein Segen drauf.‹«

»Was, kein Segen?«

»Da hat man schon mal zwei raus'tragen. In der Kist'.«

»Oha. Hört sich nicht gut an.«

Paul Wellmann nickte. »Ich hab bereits angerufen im Präsidium. Vielleicht können die was rausfinden. Das braucht allerdings noch Zeit.«

»Zeit«, sinnierte Oskar Lindt. »Haben wir Zeit? Keine Ahnung. Eine Leiche haben wir bis jetzt auf jeden Fall nicht. Weder Leiche noch Schrank.«

»Ein Schrank ist ja im Prinzip auch eine Kist'. Vielleicht hat man hat sie darin raus'tragen …«

»Mir reicht's. Kannst die Kist' ja suchen. Barock, 17.000. Ganz schön teure Kist'! Paul, mach's Tor auf. Ab ins Präsidium. Aufwärmen!« Lindt ging schnurstracks, ohne sich um die Beamten der Spurensicherung zu kümmern, zum Citroën, wo Jan Sternberg und Konstantin von Villing bereits auf ihn warteten. »Alle rein, wir fahren!«

Er fuhr einen Kreis im Hof, ließ auch Paul Wellmann einsteigen, bog in die Straße ein und drückte das Gaspedal durch. Die Automatik hatte noch nicht in den dritten Gang gewechselt, da trat Lindt hart auf die Bremse.

Er erwischte dieselbe Garageneinfahrt wie zuvor, wendete und fuhr zum zweiten Mal zurück in den Hof.

Eilig sprang er aus dem Wagen, rief dem verdutzten Willms zu: »Ludwig, komm!«, und eilte in den Raum, der bis vor Kurzem eine Werkstatt gewesen war.

»Was gibt's denn so Eiliges?«, knurrte Willms. »Dieses hektische Tempo ist doch sonst nicht deine Art.«

»Das da!« Lindt zeigte auf den Boden.

»Sandstein«, antwortete Willms, »roter Buntsandstein. Brauchst du eine Analyse, ob der aus dem Pfälzer Wald oder vom Schwarzwald kommt?«

»Quatsch nicht so dumm«, herrschte ihn der Kommissar an. »Hast du dein Denkvermögen beim letzten Triathlon rausgeschwitzt, oder was? Das da meine ich.« Im Stechschritt ging er genau auf der Längsrinne in der Mitte des Raumes auf und ab.

Willms begriff sofort. »Von wegen rausgeschwitzt. Im Gegenteil: Beim Laufen kommen mir die besten Einfälle. Da hätt' ich wirklich selbst draufkommen können.«

»Also, wo? Muss ja draußen im Hof sein.« Und blitzschnell, wie es seiner behäbigen Art eigentlich gar nicht entsprach, war Lindt zurück im Freien.

»Hinter dieser Wand endet die Rinne«, zeigte er auf die Giebelseite der Werkstatt.

»Also suchen wir am besten hier«, ergänzte der Technik-Chef. »Moment, ich brauche was zum ...« Der drahtige Sportler eilte zum Hoftor hinaus und kam wenig später mit einem Besen, einem Vorschlaghammer und einer Brechstange zurück.

Oskar Lindt lehnte sich zufrieden an die Hauswand. Auch wenn Sie ab und zu spitze Bemerkungen – Übergewicht gegen Sportverletzung – austauschten, verstanden sich die beiden aufeinander eingespielten Kollegen nahezu blind.

»Zuerst mal Ultraschall!« Willms drehte den Besen um und fing an, die Sandsteinplatten mit dem Holzstiel abzuklopfen. Zwischen der Stirnseite des Werkstattgebäudes und dem Wohnhaus war der Hof nicht mit dickem Kopfsteinpflaster ausgelegt, sondern mit breiten, flachen Sandsteinplatten.

Tock – tock – tock – tock ...

Neugierig kam Jan Sternberg näher. »Was wird denn das?«

»Psst!«, fauchte ihn Ludwig Willms an und klopfte weiter. Er brauchte keine zwei Minuten. »Da muss es sein, jede Wette.«

»Klingt hohl, eindeutig.« Oskar Lindt nickte. »Jan, das Brecheisen und den Hammer.«

Vorsichtig setzte Willms die flachgeschmiedete Seite der Stange in die Fuge neben der Steinplatte. »Mist, nicht reinzukommen, dicht an dicht verlegt.«

Lindt deutete mit der Spitze seines Schuhs auf eine Stelle, wo der Spalt ein wenig breiter war. »Versuchs mal hier.«

Zwei Hammerschläge reichten und das Eisen war tief genug eingedrungen, um Halt zu finden. »Reicht schon. Jetzt vorsichtig drücken.«

Wenige Millimeter bewegte sich der Stein zur Seite. »Den Spaten zum Nachfassen – hinten im Laderaum vom Transporter«, kommandierte Willms.

Paul Wellmann winkte, dass er verstanden hatte, und holte das Teil.

»Und was erwartet ihr da drunter?«, fragte Jan Sternberg, dem der Sinn der Aktion nicht einleuchten wollte. »Einen Keller?«

Väterlich legte Oskar Lindt den Arm um Sternbergs Schulter und bugsierte ihn durch die Tür des niedrigen Nebengebäudes. »Wo stehen wir hier?«

»In der Werkstatt, Chef.«

»Richtig, Jan, Sägemehl und Hobelspäne hat die Spusi ja bereits gefunden. Und bevor der Raum zur Werkstatt wurde, war hier ein … na?«

»Stall, Chef.«

»Und was machen Tiere in einem Stall?«

»Na, die leben halt da«, antwortete Sternberg.

Lindt hob belustigt die Augenbrauen. »Von Landwirtschaft hat die junge Generation anscheinend nicht viel Ahnung. Also, noch mal ganz langsam. Was machen die, um zu leben?«

»Essen und trinken?«

»Fressen und saufen! Und wenn sie damit durch sind?«

Über Sternbergs Gesicht huschte ein verstehendes Lächeln. »Dann werden sie gemolken.«

»Richtig, Jan. Aber die Milch muss man holen. Was kommt denn von selbst raus, aus so einer Kuh oder Ziege?«

»Also, Chef, verkaufen Sie mich nicht für dumm. Das weiß wirklich jedes Kind.«

»Genau, das Kind sagt: Aa und Pipi. Und wie nennt das der Bauer?«

»Fäkalien vielleicht?«

»Aber nur vielleicht«, donnerte Lindt. »Schon mal was von Mist und Gülle gehört, du Stadtmensch?«

»Misthaufen, natürlich!«

»Exakt so, wie auf deinem unaufgeräumten Schreibtisch!«

»Bitte, Chef.« Sternbergs Gesicht lief puterrot an.

»Der Mist kommt auf den Misthaufen und die Gülle kommt …?«

»Äh, ja. Vielleicht auch auf … Nein, die ist ja flüssig. Also fließt sie …«

»Genau da drin!« Lindt tippte mit seinem Schuh auf die gepflasterte Längsrinne. »Und wo fließt sie dann hin?«

Verständnislos schaute Sternberg zu der Wand, an der die Rinne endete. »Vielleicht war da früher eine Öffnung?«

Lindt packte seinen Mitarbeiter von hinten an den Schultern und schob ihn wieder in den Hof hinaus. Gerade noch rechtzeitig, um zu sehen, wie Ludwig Willms gemeinsam mit zwei Technikern aus seiner Truppe die schwere rechteckige Sandsteinplatte weghoben.

Lindt warf einen Blick zum Wagen, doch Konstantin von Villings Gesicht zeigte nicht die erhoffte Mimik. Regelrecht teilnahmslos starrte er durch das heruntergelassene Fenster auf die Männer.

Willms griff nach der Maglite an seinem Gürtel, leuchtete in die Tiefe und befahl: »Mehr Licht!«

Ein Techniker machte sich umgehend auf den Weg.

»Gummistiefel, Aluleiter«, rief ihm sein Chef nach.

»Ich fahr den Kastenwagen jetzt endlich mal hier rein in den Hof«, kam als Antwort.

Die Köpfe von Lindt, Wellmann und Sternberg neigten sich vorsichtig über das offene Loch – allerdings nur kurz. Entsetzt wichen sie zurück.

»Puh«, kam ebenso gleichzeitig wie angewidert aus allen drei Mündern. Für das, was sie im Licht von Willms' Stablampe erkennen konnten, reichte ein knapper Blick. Der Gestank war bestialisch.

5

Die Aktion sollte sich wesentlich aufwendiger gestalten, als der Chef der Karlsruher Kriminaltechnik sich das im ersten Moment vorgestellt hatte. Der Plan, mittels einer Leiter durch das enge Loch in die undefinierbare Tiefe der Güllegrube zu steigen, um das zu bergen, was von oben schemenhaft als menschlicher Körper erkennbar war, wurde schnell verworfen.

»Giftige Gase«, »Atemschutz«, »Wie tief geht's da runter?«, »Gummianzug«, »Wie soll man da unten denn überhaupt Spuren sichern?«, waren wesentliche Diskussionsbeiträge bei der Beratung der Technikertruppe. Schon nach wenigen Minuten zeigte sich, dass ohne professionelle Hilfe nichts zu machen war. Doch ob sich die Berufsfeuerwehr über einen solch leckeren Einsatz freuen würde?

Die Männer in den roten Autos gingen äußerst professionell ans Werk. Mit einer langen Teleskopstange wurde die Tiefe ausgelotet. »2,35 Meter bis zum Grund«, lautete die Meldung und dann: »Wasserstand bei 1,50, unten Schlamm 60 Zentimeter.«

»Wer steigt freiwillig da runter?«, wollte Ludwig Willms wissen und zeigte auf einen gelben Chemieschutzanzug, den die Feuerwehr bereitgelegt hatte. »Erst mal nur, um Fotos zu machen.«

»Alles vollkommen sicher«, beteuerte der Einsatzleiter

und gab Anweisung, über dem Loch eine kranartige Metallkonstruktion aufzubauen.

Mit einem tiefen Seufzer outete sich einer der Kriminaltechniker als Mitglied der Freiwilligen Feuerwehr Blankenloch mit langjähriger Erfahrung und Atemschutzausbildung. Eingepackt in eine wasserdichte Ganzkörperhülle und mit einer Pressluftflasche auf dem Rücken wurde der Mann schließlich am Gestell eingehängt und langsam abgeseilt.

Zuerst, um alles so gut wie möglich fotografisch festzuhalten, und bei einem zweiten Gang mit der Aufgabe, eine Seilschlinge um die Beine der bäuchlings in der stinkenden Brühe treibenden Person zu befestigen.

Bevor dies allerdings geschah, war Konstantin von Villing durch eine Streifenwagenbesatzung vorsorglich ins Präsidium transportiert worden.

»Hier, Oskar.« Ludwig Willms zeigte auf die beiseitegelegte Steinplatte. »Diese Spuren sind nicht von uns. Mehrere frische Kratzer – der Stein ist vor kurzer Zeit schon einmal bewegt worden.«

Einer der Techniker hatte bereits eine Kartuschenspritze in der Hand, um eine gummiartige Substanz aufzubringen und damit die Werkzeugspuren zu sichern.

Dann wurde die Leiche emporgezogen. Mit den Beinen voran. Kopfunter hing die Frau am Rohrgestell. Ein ekelhafter Anblick – wie ein Stück Vieh an der Seilwinde im Schachtraum.

Für einen jungen Feuerwehrmann war es zu viel. Gerade noch erreichte er die Ecke des Hofes, wo er sich schwallartig erbrach.

Triefnass, die Frau. Das braune Jauchewasser floss aus dem Rollkragen ihres Wollpullovers die langen Haare entlang und tropfte in die Tiefe des Güllelochs. Unglücklicherweise gerade zu dem Zeitpunkt, als Staatsanwalt Conradi um die Ecke des Wohnhauses bog. Fassungslos stolperte er zurück und presste sich ein blütenweißes Taschentuch vor den Mund.

Doch auch bei den Kriminalbeamten und Feuerwehrleuten gab es keinen, der sich nicht, zumindest zeitweise, mit mehr oder weniger fahlem Gesicht abwandte.

Einzig die Gerichtsmedizinerin, Frau Dr. Salzmann, näherte sich der auf einer weißen Gewebeplane abgelegten Leiche mit professionellem Interesse, um die notwendige Erstuntersuchung durchzuführen.

»Nichts besonders Schönes, was wir heute für Sie haben«, meinte Oskar Lindt zu der zierlichen Ärztin mit den kurzen grauen Haaren.

»Ach, wenn ich da an den Kopfschuss im letzten Jahr denke, als die Gehirnmasse im kompletten Raum verteilt war«, lächelte sie. »Und außerdem, sobald wir die Dame hier erst mal gewaschen haben, sieht sie bestimmt ganz manierlich aus.«

Lindt zog die Stirn in Falten. »Sie dürfen uns gerne anrufen. Nach der Waschung natürlich.«

Ludwig Willms hatte seinen Ekel anscheinend bereits überwunden. »Für unsere Untersuchungen«, wandte er sich mit gewohnt sachlichem Ton an Oskar Lindt, »werden wir die Grube auspumpen. Die Feuerwehr stellt zwei verschiedene Tanks auf und wir saugen vorsichtig von oben her ab. Zuerst das etwas klarere Wasser – danach den Bodensatz.«

Der Kommissar nickte nur stumm und beobachtete das Treiben.

Der große Behälter, der gewöhnlich benutzt wurde, um bei Chemieunfällen verseuchtes Löschwasser aufzufangen, passte nicht durch die enge Hofeinfahrt, sondern musste zwischen den Feuerwehrfahrzeugen draußen auf der Straße platziert werden.

Von einer Tauchpumpe, die mit dem fallenden Pegel immer tiefer in das Wassergüllegemisch abgesenkt wurde, verlief eine Schlauchleitung bis zum Tank. Willms hatte darauf bestanden, einen Schmutzfilter dazwischen einzubauen, und stoppte die Pumpaktion alle zehn Minuten, um nachzuschauen, ob irgendetwas Wichtiges im Sieb hängen geblieben war.

Lange Zeit tat sich nichts. Stinkendes braunes Wasser floss durch den Schlauch.

»Gülle?«, wollte Jan Sternberg wissen.

Willms schüttelte den Kopf. »Gemischt. Nur ein kleiner Teil davon dürfte widerliche Uraltjauche sein. Das meiste ist sicherlich Regenwasser, das sich im Lauf der Zeit angesammelt hat. Interessant wird es erst, wenn wir zum Bodensatz kommen.«

Genau dieser mehr als einen halben Meter dicke Bodenschlamm war es, der die kleine Pumpe in kürzester Zeit verstopfte.

»Nichts geht mehr!«, meldete der Einsatzleiter und befahl: »Hochziehen!«

Wie zuvor der triefende Leichnam der Frau, so hob sich jetzt die Tauchpumpe nach und nach aus dem engen Loch der Grube. In langen schleimigen Fäden rann der halbflüssige Schlick daran hinunter. Ein Feuerwehrmann mit ärmellangen Gummihandschuhen nahm das Gerät vom Metallgestell und legte es seitlich ab. »Ach«, rief er und griff zur Unterseite der Pumpe. »Deswegen hat sie nichts mehr hochgebracht.«

»Verstopft?«, wollte Oskar Lindt wissen, bekam eine merkwürdige Ahnung, trat näher und wusste sofort Bescheid.

Der Brandretter hielt ihm ein handtellergroßes, dunkelbraun verkrustetes, gebogenes Teil vor die Nase. »Hat sich mit seiner Krümmung vor der Ansaugöffnung festgesetzt.«

»Ludwig, Arbeit.« Der Kommissar winkte Willms heran. »Jetzt weiß ich wieder, warum es gut ist, vor Ort zu bleiben, bis alle Untersuchungen abgeschlossen sind.«

»Wieder mal dein Bauchgefühl, Oskar.« Willms gab ihm einen leichten Stups mit der Faust.

»Erfahrung, Ludwig, nicht nur Bauchgefühl«, antwortete Lindt und beugte sich über die Hand des Feuerwehrmannes. »Ich glaube, diese Güllegrube wird zur Fundgrube.«

Neugierig drängte sich auch Jan Sternberg nach vorn. »Was soll das sein? Halb verfaultes Holz?«

»Heute ist nicht dein Tag, Jan.« Oskar Lindt hob wieder einmal die Augenbrauen. Dann schlug er sich mit der flachen Hand leicht auf den Hinterkopf. »So sieht das aus, wenn es viele Jahre Jauchebehandlung hinter sich hat.«

Sternberg riss die Augen auf. »Was, ein Schädelknochen? Krass!«

»Voll krass«, echoten Willms und Lindt wie aus einem Mund.

»Du weißt, was das bedeutet, Oskar?«

»Natürlich, Ludwig. Du brauchst einen Bagger und ich brauch' die Salzmann noch mal.«

Die Gerichtsmedizinerin traf vor der Baufirma ein. Gemeinsam mit ihr, sämtlichen anwesenden Beamten der Kripo und der Schutzpolizei sowie Staatsanwalt Conradi, der ebenfalls erneut angefordert worden war und sein weißes Taschentuch griffbereit in der Hand trug, hielt Oskar Lindt eine Lagebesprechung ab.

»Ich nehme an, da unten liegen noch mehr solcher Teile«, begann Conradi.

Lindt nickte. »Wir gehen davon aus.«

»Das kostet sicherlich eine Stange Geld, alles unbeschädigt hochzubringen«, gab KTU-Chef Willms zu bedenken. »Ich sehe zwei Möglichkeiten. Die erste – billig und brutal: Wir fordern die Kanalreinigung an. Die kommt mit ihrem Tankwagen, verdünnt den Schlick da unten mit frischem Wasser und saugt den Dreck anschließend durch ihren Riesenschlauch ab. Dann fahren wir zusammen zur Kläranlage, bauen dort ein paar große Siebe auf, lassen die ganze Chose durchlaufen und schauen, was hängen bleibt.«

»Einspruch«, meldete sich die Gerichtsmedizinerin. »Die Methode ist mir zu grob. Wesentliche Spuren könnten dabei unwiederbringlich zerstört werden.«

Willms bestätigte diese Ansicht: »Zustimmung, Frau Doktor. Deshalb Plan B.«

»Wesentlich teurer, nehme ich an.«

»Zweifellos, Herr Staatsanwalt, aber wenn es der Wahrheitsfindung dient …«

Conradi seufzte. »Wie erkläre ich das nur der Verwaltung?«

In diesem Moment hörten sie ein Motorengeräusch von der Einfahrt her. Auf schwarzen Gummiketten rumpelte ein Minibagger in den Hof.

»Entschuldigen Sie, Herr Staatsanwalt, da kommt Plan B«, sagte Ludwig Willms mit einem leicht schuldbewussten Unterton in der Stimme. »Wir waren uns sicher, dass Sie zustimmen würden.«

»Geschenkt«, antwortete Conradi, setzte eine säuerliche Miene auf und fixierte abwechselnd Willms und Lindt. »Sie beide haben ja schon immer getan, was Sie für richtig hielten.« Dann machte er auf dem Absatz kehrt.

»Und … Oskar, wie oft haben wir danebengelegen?«

»Geschenkt, Ludwig!«

»Die Grube muss komplett geöffnet werden«, wies Willms den kugelrunden, aber trotzdem immens flinken Baggerfahrer an und beugte sich mit ihm über das schmale Einstiegsloch. »Das hier ist viel zu klein. Aber nicht, dass irgendwelche Brocken hineinfallen. Auf den Schlamm dort unten kommt's uns an.«

»Kann mir schon denken, dass da was Appetitliches drin liegt. Aber keine Sorge, ›Vorsicht‹ ist mein zweiter Vorname. Nicht umsonst holen die immer mich, wenn an Gasleitungen gegraben werden muss.«

Tatsächlich beherrschte der Maschinist sein Baggerchen virtuos und hatte in Windeseile die Sandsteinplatten entfernt und die darunterliegende Lehmschicht abgehoben. »Holz!«, rief er aus dem Führerhaus. Nach und nach legte er eine dicke Lage von Balken frei. »Heut' würd' man so ein Loch einfach mit einer Stahlbetonplatt' abdecken, früher waren die Leut' allerdings auch net dumm. Die habe' sich schon zu helfe' gewusst.«

»Erstaunlich, wie gut die Balken erhalten sind«, staunte Lindt.

»Eiche, Kernholz, Herr Kommissar, das hält ewig und drei Tag!«

Balken um Balken jonglierte der Fahrer aus dem Loch. Nach 27 Stück lag die Grube völlig frei.

»Prima Arbeit«, lobte Ludwig Willms mit einem anerkennenden Schulterklopfen. »So, das war der angenehme Teil – ab jetzt wird's eklig. Wenn Sie das da unten aufrühren, geh ich lieber außer Riechweite.«

»Ach was, macht nix, ist doch bloß ein bissel Schlamm. Ich stink dagegen«, sprach der Baggerfahrer, holte aus der Brusttasche seiner Latzhose eine Blechschachtel mit einer Lage dicker Stumpen und steckte sich einen davon ins Gesicht. Bald konnte man nicht mehr genau feststellen, ob mehr Qualm aus dem Führerhaus oder vom Auspuff des Baggerchens her kam.

Vorsichtig schöpfte der Unerschrockene den Schlick vom Grund der Jauchegrube herauf und ließ die glitschige Fracht in die Schaufel eines kleinen wendigen Radladers gleiten. Der fuhr durch die schmale Einfahrt hinaus auf die

Straße, um einen bereitgestellten Baucontainer zu befüllen.

»Deckel zu und ab zur Kläranlage«, war die Order von KTU-Chef Willms.

In einem leeren Becken war dort mittlerweile eine dreiteilige Siebanlage aufgestellt worden. Grob – mittel – fein. Das Los bestimmte zwei Kriminaltechniker, die den unangenehmsten Job zu erledigen hatten: Ausgestattet mit Wathosen, Wetterjacken, langen Gummihandschuhen und Filtermasken mussten sie den Containerinhalt Schaufel für Schaufel auf dem obersten Sieb verteilen, anschließend so lange mit einem weichen Wasserstrahl vorsichtig abspülen, bis der Schlamm vollständig weggeschwemmt war und anschließend die Überbleibsel aus den Sieben sammeln.

Sowohl Oskar Lindt und seine Mitarbeiter als auch die Rechtsmedizinerin Dr. Adelheid Salzmann hielten sich in respektvollem Abstand auf und nahmen die Fundstücke erst in Augenschein, als sie von mehreren tausend Litern Wasser gereinigt worden waren.

Die meisten Knochen blieben auf dem Grobsieb liegen. Oberschenkel, Beckenschaufeln, Wirbelsäulenteile, Schulterblätter, Schädelfragmente.

Die kleineren Teile sammelten sich auf den feineren Sieben. Ganz unten lagen Zähne, Finger, Zehen und eine Menge undefinierbare kleine Knöchelchen. Alles in einem Braunton, der einer dunklen Holzlasur sehr nahe kam.

»Puzzlearbeit«, stöhnte die Ärztin. »Das kann dauern.«

Lindt interessierte sich für etwas ganz anderes: »Wie viele?«

»Zählen Sie doch einfach die Schädel, Herr Kommissar«, antwortete Adelheid Salzmann. »Drei kann ich von hier aus schon erkennen.«

6

»Die Kälte«, sinnierte Oskar, als er nach diesem sehr langen Arbeitstag endlich zu Hause in der Waldstadt eintraf. »Die Kälte! Wir haben sie gleich gespürt, als wir zum ersten Mal in diesem Hof standen. Niemand kann reinschauen, abgesehen von der schmalen Einfahrt. Niemand weiß, was sich darin abspielt. Alles von kalten Steinen umgeben. Mauern, Gebäude, Hofpflaster. Sie steckt mir jetzt noch drin, die Kälte. Schauerlich, eisig, unheimlich.«

Carla Lindt kannte solche Situationen und wusste, dass ihr Mann jetzt dringend abgelenkt werden musste: »Die Kartoffelsuppe ist etwas eingekocht, aber noch heiß. Die wird dich von innen her aufwärmen.«

Der Kommissar hatte im Lauf des Tages zweimal angerufen, um ihr zu sagen, dass es völlig unsicher sei, wann er Feierabend machen könne. »Kein Problem«, hatte sie gesagt. »Ich koch' etwas, das sich gut warm halten lässt.«

Solche Konstellationen hatte es schon häufig gegeben, meistens am ersten Tag eines neuen Falls. Lindts Prinzip war, immer vor Ort zu bleiben, so lange Untersuchungen durchgeführt wurden. Meistens saß oder lehnte er irgendwo in der Nähe, beobachtete die Arbeit seiner Truppe und sog dabei die Örtlichkeit quasi in sich auf.

»Wenn man sich in eine Person hineinversetzen will, muss man das Umfeld immer miteinbeziehen. Niemand lebt im luftleeren Raum, jeder steht mit seiner Umgebung in Beziehung«, hatte Lindt vor wenigen Tagen an der Polizeihochschule in Villingen-Schwenningen gesagt. Im Rahmen der alljährlich stattfindenden Vortragswoche unter dem Titel ›Von den Besten lernen‹ war er nun schon zum zehnten Mal gebeten worden, über seine Erfahrungen zu berichten.

Wortkarg saß er jetzt bei Carla am Küchentisch und fühlte, wie die heiße Suppe langsam seinen Magen füllte.

»Tut gut«, sagte er leise.

»Habt ihr euch nichts zu essen organisiert?«, wollte Carla wissen.

Lindt schüttelte den Kopf. »Die Feuerwehrleute haben zwischendurch mal was geholt. Ich hab einfach nichts runtergebracht. Es war heftig.«

An Tagen wie diesem konnte er stundenlang durchhalten, ohne etwas zu essen oder nur einen Schluck zu trinken. Er war dann völlig konzentriert und blendete alle körperlichen Bedürfnisse aus.

Es gab jedoch auch andere Tage. Wenn er zum Beispiel bei einem Problem nicht weiterkam und ziellos durch die Stadt ging. Da konnte es vorkommen, dass er sich im Stundentakt in Bäckereien, an heißen Theken oder Imbissbuden wiederfand. Butterbrezeln, Fleischkäsebrötchen, Schokocroissants, Pizzastücke und Yufka-Döner wanderten in wilder Reihenfolge in seinen Magen.

Nicht nur seine Kollegen, die deswegen öfter mal stichelten, nein, auch Carla kannte die Übersprunghandlungen ihres Oskar und betrachtete deshalb mit zunehmender Sorge seinen stetig größer werdenden Umfang. Er selbst blendete dieses Thema allerdings vollständig aus.

Wenn seine Frau darüber reden wollte und gar die Worte ›Arztbesuch‹ oder ›Kur‹ in den Mund nahm, wurde der Kommissar sehr einsilbig. Nicht, dass er sich mit der voluminösen Figur besonders wohlfühlte – nein, die Kurzatmigkeit beim Treppensteigen und das fürchterliche Schwitzen bei sommerlichen Temperaturen störten ihn kolossal. Doch Oskar Lindt wusste nicht, wie er seinen Heißhunger in den Griff bekommen könnte. Er hatte das Gefühl, als sei dieses Verhalten nicht seinem freien Willen unterworfen. Und sich helfen zu lassen, etwa von so einer spindeldürren Ernährungsberaterin, die keine Ahnung hatte, wie cremig der 60-prozentige französische Rohmilch-Brie schmeckte, oder von einer genussfeindlichen Körner-Tussi, die eine Thüringer Bratwurst nicht mal mit der Kneifzange anfassen würde, nein, so weit war er noch lange nicht.

Zu allem Überfluss sendete das ZDF nach dem heute-journal einen Beitrag, den Carla unbedingt mit ihm zusammen ansehen wollte: ›Deutschland wird immer dicker‹.

Bereits nach fünf Minuten klappten Lindts Augendeckel zu. Seine Erschöpfung bewahrte ihn vor der grausamen Sendung.

Als er wieder zu sich kam, war es 3.25 Uhr. Der Fernseher war längst abgestellt und Carla hatte sich frustriert schlafen gelegt, nicht ohne zuvor eine weiche Wolldecke über dem leise schnarchenden Kommissar auszubreiten.

Lindt war hellwach. Er rieb sich die Augen. Weiterschlafen? Hier auf dem Sofa? Nein, nicht besonders bequem. Zu Carla ins Schlafzimmer? Auch nicht, er wollte sie auf keinen

Fall stören. Außerdem wachte er seit einigen Jahren recht häufig so früh auf und wälzte sich stundenlang schlaflos von einer Seite auf die andere.

»Glasklar, Oskar: präsenile Bettflucht«, war der Kommentar von Ludwig Willms gewesen. »Wenn man so langsam auf die Pensionierung zusteuert, sollte man sich etwas mehr um seine Gesundheit kümmern. Sieh mich an: Ein kleiner Lauf am Abend und ich schlafe wie ein Stein.«

»Was bezeichnest du als kleinen Lauf?«

»Zehn Kilometer, mindestens!«

»So was ist für mich eine Tageswanderung!«, hatte Lindt sich umgedreht und war davongestapft.

Jetzt entschied sich Oskar Lindt ziemlich schnell dafür, nach draußen zu gehen. Aus dem Wagen holte er eine handliche Taschenlampe und machte sich auf den Weg. Keine Ahnung, wohin er wollte, kein Ziel, einfach nur umhergehen. Vielleicht rüber in den Hardtwald? Oder nein, doch lieber in der Waldstadt bleiben, wo ab und zu eine Straßenlampe mattes Licht spendete.

Er könnte natürlich auch nach Knielingen … Nein, schnell verwarf er diesen Gedanken. In einer mondlosen Nacht allein in diesem kalten, unbarmherzigen Hof, Auge in Auge mit einer ausgebaggerten Jauchegrube, in der die Menschenknochen dicht an dicht gelegen hatten – nein, Lindt war zwar nicht gerade ein Angsthase, doch das musste er sich nicht antun.

Mit langen Schritten, sehr gemächlich, wanderte er die Straßen in der Waldstadt entlang.

Elbinger Straße, Insterburger Straße, Königsberger Straße – fast alle nach Städten in den ehemaligen deutschen Ostgebieten benannt. Viele Vertriebene und DDR-Übersiedler waren unter den ersten Bewohner des in den 1950er-Jahren erbauten Stadtteils gewesen. Ein großes Stück Hardtwald war gerodet worden, um genügend Wohnraum zu schaffen.

Mittlerweile hatte sich die Bevölkerungsstruktur natürlich gewandelt. Seit einigen Jahren war die Karlsruher Waldstadt auch zur Heimat von Carla und Oskar Lindt geworden – die drei Töchter ausgeflogen, die Wohnung in der Oststadt zu groß.

Eine große Zahl von Waldbäumen hatte man bei der damaligen Rodung stehen lassen. Der ursprüngliche Gedanke war sogar gewesen, dass kein Dach die Bäume überragen sollte – mit dem Bau einiger Hochhäuser war von dieser Idee allerdings nichts mehr übrig geblieben. Doch auch in der heutigen Zeit lockern noch Streifen von schatten- und sauerstoffspendenden Kiefern, Eichen und Roteichen die Wohnbebauung auf.

Nun, Ende Oktober, hatte der Laubfall gerade richtig begonnen. Auf seiner nächtlichen Wanderung hörte Lindt deshalb überall Geräusche. Fallende Blätter, wenn ein leichter Windstoß die Äste durchstreifte. Mäuse und Igel, die in den Laubhaufen nach Essbarem stöberten. Da, ein Huschen! Katze? Nein! Ein langes, dunkles Tier mit hellem Kehlfleck kam unter einem Auto hervor, flitzte über die Straße und verschwand unter dem nächsten Wagen. Klar, ein Marder. Ein Automarder, dachte der Kommissar, eine neue Tierart. »Lass dich bloß nicht an meinen Zündkabeln erwischen«, rief ihm Oskar Lindt halblaut nach und klatschte in die Hände.

Erstaunlich, dachte er. Eine dunkle Herbstnacht und es geht Richtung Winter. Aber hier ist mir längst nicht so kalt, wie auf dem Gehöft in Knielingen.

Ja, schon wieder ging ihm dieser eisige Ort durch den Kopf. Er ließ ihn einfach nicht los. Lindt kickte einen Kiefernzapfen fort, der vor ihm auf dem Gehweg lag. Wollte er eigentlich wirklich wissen, was dort passiert war? Was änderte sich denn, wenn sie herausfanden, wessen Knochen im Gülleschlick braun gegerbt worden waren? Klar, vielleicht fanden sie des Rätsels Lösung. Vielleicht fanden sie sogar den, der die toten Körper entsorgt hat. Wahrscheinlich war der jedoch selbst längst tot. Oder die? War der Täter möglicherweise eine Frau? Doch was brachte es, wenn sie alles aufklären könnten? Natürlich Gerechtigkeit – dafür wurden sie ja schließlich bezahlt. Aber mussten sie sich das immer wieder antun, solch schlimme Vorkommnisse ans Tageslicht zu holen? Sollten sie die Toten nicht lieber ruhen lassen? Er wusste es nicht.

Die Frau hatte sicherlich nicht lange dort unten gelegen. War es wirklich Irene Stoll, die Antiquitätenhändlerin? Wer hatte sie versenkt? Derselbe, der das Anwesen leergeräumt hatte? In den paar Tagen, als Konstantin von Villing sich als Penner versucht hatte?

Die Anwohner mussten auf jeden Fall etwas bemerkt haben. Die Möbel aus dem Wohnhaus, die Maschinen und dann die Antiquitäten aus der Scheune? Dafür brauchte es bestimmt zwei, drei Lastwagen – halt, die passten ja nicht durch die Einfahrt –, also auf jeden Fall mehrere kleinere Transporter. Oder war das alles in dunkler Nacht passiert?

Wie lange hatte von Villing auf der Straße gelebt? 14 Tage

ungefähr. Ja, das könnte gereicht haben. War es tatsächlich Zufall, dass er just nach dieser Zeit ins Präsidium gekommen war?

War seine Reaktion beim Anblick des leeren Anwesens echt? Falls nicht, war er ein sehr guter Schauspieler.

Lindt schaute auf die Uhr. Schon Viertel vor Fünf. Unglaublich, wie schnell beim Sinnieren die Zeit verging. Der Kinderspielplatz in der Verlängerung der Insterburger Straße kam ihm gerade recht. Er setzte sich auf eine der Bänke, von denen aus tagsüber die Mütter und Väter ihre Kleinen im Sandkasten oder beim Schaukeln beobachteten. Die Bank lag vollständig im Dunkeln, keine Straßenlampe in der Nähe. Lindt schlug den Kragen seiner dicken schwarzen Cordjacke hoch. Langsam wurde er müde und ein leichtes Frösteln kroch seine Beine hoch.

Kalt – eiskalt – erbarmungslos kalt. Wie lange muss ich mir das noch antun?

»Was machen Sie denn da?« Eine schneidende Stimme riss ihn aus dem Schlummer. Entsetzt fuhr Lindt zusammen und riss die Augen auf. Grelles Licht blendete ihn. Schützend hielt er sich die Hand vor.

»Ach, du bist's, Oskar.« Zwei Kollegen vom Polizeirevier Waldstadt sahen ihn zweifelnd an. »Eine Zeitungsfrau hat uns angehalten. Da mussten wir doch mal nachschauen, was für ein Kerl sich früh morgens auf dem Spielplatz …«

»Ich konnte halt nicht schlafen.«

Die beiden grinsten. »Das hat grad ganz anders ausgesehen. Komm, steig ein, auf der Wache haben wir immer einen Kaffee.«

»Mit viel Milch, bitte«, seufzte Oskar Lindt und rappelte sich hoch.

Natürlich hatte sich die Aktion in Knielingen schon bei den anderen Karlsruher Revieren rumgesprochen.

»Da könnt' ich auch net schlafen«, meinte der ältere der Streifenbeamten, als sie sich in der Wache mit Kaffee versorgt hatten. »Sag mal, Oskar, wo war denn das genau?«

Lindt beschrieb ihm das Anwesen.

»Alles aus Sandstein gebaut? Hab mir's fast gedacht. Ich mein', da gab's vor 20 oder noch mehr Jahren schon mal was. Da haben sich zwei ... hinten in der Scheune ...« Er fuhr sich mit dem Zeigefinger über den Hals. »Du weißt schon, Hochzeit mit des Seilers Tochter ...«

Lindt zuckte zusammen. »Was? Echt?« Schlagartig kam ihm die alte Nachbarin in den Sinn. »›Da hat man schon mal zwei raus'tragen. In der Kist'‹ Das hat die alte Frau von gegenüber dem Paul gestern gesagt. Da läg' kein Segen drauf.«

Der Kollege überlegte: »Damals war ich noch in der Weststadt. Also irgendwann in den 70ern.«

»Meine Zeit unten am See«, antwortete Lindt. »Konstanz. Deshalb weiß ich nichts davon.«

»Zwei Frauen, Mutter und Tochter, die hatten sich gemeinsam auf einen Stuhl gestellt, umklammert, und dann ...«

»Ich hab's gespürt. Dort wohnt der Tod. Und zwar nicht erst seit gestern.« Lindt nahm einen großen Schluck Milchkaffee. »Nachher lass ich mir die Unterlagen kommen.«

7

»Wissen wir denn schon, wem dieses Anwesen gehört?«, war die erste Frage des Kommissars, als er nach einer kurzen Dusche und einem noch kürzeren Frühstück im Präsidium ankam.

»Die Anfrage läuft, Chef.«

»Jan, mach's dringend. Auch alle Eigentümer von früher – und alle Bewohner.«

Sternberg eilte zu seinem Schreibtisch und griff nach dem Hörer.

»Paul, was macht unser Gast?«, wollte Lindt als Nächstes wissen.

»Haftbefehl ist beantragt.«

»Gut, hast du schon nach ihm geschaut?«

Wellmann schüttelte den Kopf. »Ich wollte warten, bis du … Soll ich ihn holen lassen?«

Lindt nickte. »Vielleicht redet er heute.«

Zehn Minuten später saßen die beiden Kommissare zusammen mit Konstantin von Villing im Vernehmungszimmer.

»Diese Irene Stoll«, begann Lindt, doch er wurde sofort unterbrochen.

»Was ist mit ihr? Haben Sie sie gefunden? Lag sie dort im Loch?«

»Hat sie noch mehr Angehörige, ich meine, außer Ihnen?«

»Ich … ich … Nein … Ich bin … Ich war … Also, sie ist viel älter als ich.«

»Sie haben doch zusammen gewohnt.«

»Ja, im gleichen Haus, aber …«

»Wenn sie nicht Ihre Lebenspartnerin war, was war sie dann?«

Von Villing atmete tief ein. »Sie war …«

Jan Sternberg lugte zur Tür herein und reichte Lindt einen Zettel.

Der warf einen Blick darauf und fixierte anschließend wieder sein Gegenüber. »Wem gehört dieses Haus eigentlich?«

»Kann ich sie sehen? Bitte, ich muss sie sehen.«

»Wem gehört dieses Haus?«, fragte der Kommissar in deutlich schärferem Ton.

»Sie wissen es doch schon. Es steht bestimmt dort drauf.«

»Ich möchte es von Ihnen persönlich hören.«

Von Villing senkte den Kopf, aber er antwortete nicht.

Lindt ließ ihm Zeit. Er lehnte sich zurück, kramte umständlich Pfeife, Tabak und Feuerzeug hervor und begann in absolutem Zeitlupentempo zu stopfen. Schließlich gab er Feuer und blies die erste dicke Wolke direkt ins Gesicht von Konstantin von Villing.

»Na gut, ich bin sicher, Sie wissen, wer der Eigentümer ist. Ich weiß es auch und deshalb kann ich mir denken, warum Sie es uns nicht sagen wollen.«

»Bitte, wenn Sie es sowieso schon wissen.«

»Sagen Sie's einfach, oder fällt es Ihnen schwer, den Namen auszusprechen?«

Von Villing schlug die Hände vors Gesicht, dann legte er den Kopf auf die Tischplatte.

Lindt bohrte weiter: »Irene Stoll steht jedenfalls nicht im Grundbuch, sondern …«

»Eduard von Villing«, kam es tonlos von der anderen Tischseite.

»Was hat Ihr Vater mit dem Ganzen zu tun? Warum wollen Sie ihn schützen? Ich denke, Sie haben gar keine Verbindung mehr zu ihm?«

Keine Reaktion.

Der Kommissar nebelte den Verdächtigen weiterhin mit seinem Pfeifenrauch ein, ohne ihm jedoch zu gestatten, ebenfalls zu rauchen.

Er setzte ein gemeines Lächeln auf. »Unser Kollege im Büro nebenan hat immer eine Packung Camel in der Tasche. Wenn Sie etwas gesprächiger werden, rufe ich ihn gerne herein.«

Von Villing ließ seinen Kopf erneut auf den Tisch fallen.

»Also gut, Paul«, sagte Lindt zu seinem Kollegen. »Wenn er nichts sagen will, fahren wir als Erstes mit ihm in die Rechtsmedizin. Ich nehme an, die gute Frau Dr. Salzmann hat die Leiche inzwischen in einen vorzeigbaren Zustand gebracht.«

»Ja, bitte, ich möchte sie sehen.«

»Hoppla, er spricht wieder«, kommentierte Lindt trocken.

»Und als Zweites?«, wollte Paul Wellmann wissen.

Lindt nahm einen tiefen Zug aus seiner Pfeife. »Danach werden wir drei einen kleinen Ausflug unternehmen.«

Von Villings Augen begannen zu flackern. »Aber … aber … nicht etwa …«

»Bitte, bitte, was haben Sie denn? Unsere gestrige Fahrt war doch sehr interessant.«

»Nein, nein. Wenn Sie wirklich da hochfahren wollen, komm ich nicht mit. Auf gar keinen Fall. Ausgeschlossen. Ich kann ihm nicht …«

»Was können Sie nicht? Ihrem Vater in die Augen sehen?«

»Nein«, kam es leise von der anderen Tischseite. »Ich kann ihm nicht unter die Augen treten. Nie mehr. Jetzt hab' ich auch meine letzte Chance vertan.«

»Wollten Sie deshalb unbedingt ins Gefängnis?«

»Immer noch besser, als …«

Paul Wellmann beschwichtigte: »Seelische Grausamkeit möchten wir uns natürlich nicht vorhalten lassen.«

Lindt erhob sich und ging zur Tür. »Okay, bevor Sie vor lauter Panik in meinem schönen Dienstwagen rumrandalieren, lassen wir das halt.«

Von Villing atmete erleichtert auf.

»Wir bitten Ihren Vater einfach, hierher zu kommen!«

»Neeeiiinn!«, hallte ein Schrei durch das Vernehmungszimmer.

Nach einem kurzen Telefonat mit der Rechtsmedizin hatten sich Lindt, Wellmann und von Villing auf den Weg dorthin gemacht.

»Worauf müssen wir uns einstellen?«, wollte der Kommissar wissen.

»Seit wann sind Sie denn so zimperlich?«, antwortete

Dr. Adelheid Salzmann und ging voraus in den grün gekachelten hallenartigen Raum. »Willkommen in unserem ›kalten OP‹«, lächelte die grauhaarige Ärztin.

»Kunstfehler mit Todesfolge können Ihnen in diesem Operationssaal ja wohl nicht passieren«, gab Lindt zurück.

»Trotzdem sind wir voll im Stress. Sie sehen ja: lauter Not-OPs.«

Der Kommissar zählte laut: »Eins, zwei, drei«, und zeigte dabei auf die Edelstahltische, an denen sie vorbeigingen. Überall wölbten sich weiße Leintücher über Personen, die auf ihre Obduktion warteten.

»Tisch zwei als Nächstes«, sagte die Gerichtsmedizinerin zu ihrem großen stämmigen Mitarbeiter, der offenbar mit Vorbereitungen beschäftigt war.

Am hintersten Tisch griff Dr. Salzmann nach einem Zipfel des Tuches und zog es so weit zurück, dass das Gesicht der Toten frei lag.

Von Villings Augen wurden immer größer, bis er schließlich ein »Nein … nein« herauswürgte.

»Bitte?«, fragte Oskar Lindt. »Sie kennen diese Frau nicht?«

»Ääh … nein, wirklich nicht.« Völliges Unverständnis stand in Konstantin von Villings Gesicht.

»Nie gesehen?«

»Nein, nein, ich kenne sie wirklich nicht.«

Die Ärztin zog das Leintuch wieder hoch. »Na dann, bis zum nächsten Mal, die Herren Kommissare.«

»Abflug«, sagte Lindt und ging voraus in Richtung Tür.

Am Nebentisch war der Obduktionshelfer mittlerweile dabei, die Sektionsinstrumente auf einem fahrbaren Beistelltisch nebeneinander anzuordnen.

»Lothar, was soll denn das?«, schallte die schneidende Stimme von Dr. Salzmann durch den neonhellen Raum. »Zudecken, aber schnell.«

In Windeseile zog der Mann das Tuch hoch. »Ich dachte …«, stotterte er. »Sie … sie haben doch gesagt, Tisch zwei als Nächstes.«

»Aber nicht, so lange Fremde hier drin sind!«, rügte sie ihn scharf.

Der große breite Mann mit einem Brustkasten wie ein Schwergewichtsboxer schlug schuldbewusst die Augen nieder.

»Muckis sind eben nicht alles«, kommentierte die Ärztin das Fehlverhalten. »Auf ein bisschen Hirn sollten die von der Personalabteilung bei den Einstellungsgesprächen schon achten.«

Lindt wandte sich zur Tür. »Na, dann wollen wir Sie mal nicht länger von der Arbeit abhalt…«

Weiter kam er nicht, denn mit einem Satz war Konstantin von Villing am Fußende von Tisch zwei, fasste das weiße Tuch und riss es mit einem Ruck von dem toten Körper. »Da … da … das ist …«, stammelte er.

»Was machen Sie denn?«, herrschte Lindt ihn an.

Der Obduktionshelfer baute sich drohend vor von Villing auf. Paul Wellmann schnappte sich mit geübtem Griff dessen rechten Arm und drehte ihn auf den Rücken.

Mit einem strengen Blick hob die Ärztin das Leintuch

auf und ließ es erneut über den Leichnam von Tisch zwei gleiten.

»Halt«, protestierte von Villing. »Halt, das da … Das ist sie!«

»Was?«, wollte Oskar Lindt wissen. »Wer soll das sein?«

»Irene«, kam die Antwort, stöhnend unter Wellmanns schmerzhaftem Polizeigriff. »Das ist sie, Irene.«

»Lass ihn, Paul.« Lindt wandte sich an die Ärztin. »Bitte, Dr. Salzmann, dürfen wir die Frau noch einmal sehen?«

Sie nickte und der Helfer hob das Tuch abermals vom Gesicht der Toten.

Langsam, sehr langsam schob sich Konstantin von Villing den Edelstahltisch entlang bis ans Kopfende. Zitternd strecke er die Hand aus und legte seine Fingerspitzen auf die Wange der Toten. Erschrocken zuckte er zurück. »Kalt … Sie ist so …«

»Kalt«, ergänzte Oskar Lindt, zog den Kopf ein und schob die Hände tief in die Taschen seiner dicken schwarzen Jacke. »Sind Sie sich sicher?« Er schaute dem Verdächtigen geradewegs in die Augen.

Von Villing nickte. »Ganz sicher, das ist Irene, Irene Stoll.« Erneut streckte er seine Hand aus und tastete nach dem bedeckten Hals der Toten. Vorsichtig schob er das Tuch herunter, doch den dicken dunklen Streifen berührte er nicht.

Beim Hinausgehen ließ sich Hauptkommissar Lindt im Flur des Rechtsmedizinischen Instituts etwas zurückfallen. »Paul, bringst du ihn schon mal zum Wagen?«, bat er. Als die anderen außer Hörweite waren, drückte er Adelheid Salzmann die Hand. »Danke, dass Sie mitgespielt haben. Jetzt können wir wirklich sicher sein.«

»Kein Problem für uns, so eine kleine Inszenierung«, lächelte sie. »Ein wenig Theater und Ihnen hilft's. Sobald einer Ihrer Mitarbeiter Zeit hat, werden wir die Obduktion durchführen. Die Ergebnisse kommen dann umgehend per Mail.«

Sie ging ein paar Schritte vor, drückte auf einen Wandschalter und die Schiebetür eines weiteren Raumes glitt zur Seite. »Sehen Sie dort – unser Puzzle.«

Lindt trat nicht ein. Es reichte ihm, die Ansammlung brauner Knochen aus der Ferne zu betrachten. »Wird wohl noch etwas dauern, bis Sie uns Bescheid geben können.«

8

»Der Villing hat sich geweigert«, stellte Oskar Lindt fest, als sie zurück im Präsidium waren. »Kommt wenigstens einer von euch freiwillig mit?«

Paul Wellmann und Jan Sternberg taten so, als hätten sie die Frage ihres Chefs nicht gehört und hämmerten synchron auf den Tastaturen ihrer Computer herum.

»Hallo, seid ihr schwerhörig? Schwarzwald, Kuckucksuhr, Bollenhut, Tannenduft, dunkle Wälder, saubere Luft.«

»Schwarzwälder Kirschtorte, Schwarzwälder Schinken, Schwarzwälder Kirschwasser – ich weiß schon, was dich an diesem abgelegenen Landstrich so reizt.« Ludwig Willms stand in der Tür. »Du wirst es entweder auf die Michelin-Sterne von Baiersbronn oder auf das Brauwasser von Alpirsbach abgesehen haben.«

»Ach, du denkst an den Schwarzwald-Ultraradmarathon, bei dem du im letzten Jahr diesen Massensturz verursacht hast?« Willms bekam einen roten Kopf, doch Lindt ließ ihn nicht zu Wort kommen. »Keine Chance, mitzukommen, Ludwig. Sticheleien haben da oben keinen Platz. Auf den Bergen wohnt die Freiheit, in den Tälern blüht der Neid, das kennst du ja wohl.«

Paul Wellmann schaute vom PC auf. »Wilhelm Tell, Andreas Hofer oder König Ludwig? Keine Ahnung, von wem das stammt – sicherlich nicht von einem Schwarzwälder.«

»Endlich einer, der sich freiwillig meldet. Schön, dass du heute keinen Wert auf einen pünktlichen Feierabend legst, Paul. Schalt deine Kiste aus, wir fahren.«

Er fixierte Jan Sternberg. »Frau Dr. Salzmann hat nach dir verlangt. Du warst doch schon lange bei keiner Obduktion mehr dabei.«

Bereits kurz vor Mittag erreichte der bequeme Dienstwagen mit den beiden Karlsruher Kommissaren die Kreisstadt Freudenstadt. Nur ein schneller Imbiss im ›Café Pause‹ mitten auf Deutschlands größtem Marktplatz, dann setzten sie ihre Fahrt nach Süden fort und steuerten das Kinzigtal an.

In Alpirsbach mussten sie an einer roten Ampel halten. Wellmann deutete nach rechts. »Kennst du die alte Klosteranlage dort? Es soll hier seit Kurzem eine transportable Orgel geben. Angeblich eine riesige hohe Skulptur mit viel Holz, die man auf Luftkissen in die Mitte der Kirche verschieben kann.«

Das Rotlicht verlosch, Lindt drückte aufs Gas und zeigte auf das Radiodisplay. »Du weißt ja, ich hör lieber die Musik auf SWR 4. Klassik ist nicht so mein Ding. Vor Jahren musste ich mal mit Carla zu so einem Orgelkonzert. Eine halbe Stunde hab ich tapfer durchgehalten, schon klappten meine Augen zu.«

»Und gleich bekamst du einen Rippenstoß, stimmt's?«

»Sie behauptet heute noch, ich hätte geschnarcht. Und außerdem, hast du gesehen, woraus dieses alte Gemäuer gebaut ist? Auf kalten Sandstein kann ich im Moment wirklich verzichten. Wetten, dass die Mönche in ihren ungeheizten klammen Zellen früher nicht besonders alt geworden sind?«

Gute zehn Minuten später bog der dunkelrote Citroën von der Bundesstraße ab. »Jetzt wird's eng«, kommentierte Paul Wellmann das schmale, oft einspurige Sträßchen, das durch ein kleines Seitental in westlicher Richtung führte. Häufig war kein Himmel mehr zu sehen. Die langen, dicht benadelten Äste der dicken Tannen ragten bis über die Mitte der feucht bemoosten Fahrbahn. Links neben dem Asphalt ging es einige Meter steil in die Tiefe bis zu einem schnell dahinfließenden Wildbach.

»Hier hat's in den letzten Tagen anscheinend stärker geregnet«, meinte Oskar Lindt mit einem Seitenblick auf die braun schäumenden Wassermassen.

»Bitte, schau auf die Straße und fahr langsamer«, klammerte sich Paul am Türgriff fest. In solchen Situationen konnte er seine Herkunft aus dem flachen Norden Deutschlands nicht ganz verleugnen.

»Keine Sorge, alles im …«

»Aaah«, schrie Wellmann und Lindt stieg voll in die Eisen. Auch der Fahrer des Unimog, der ihnen entgegenkam, musste eine Vollbremsung hinlegen.

»Puh, das war knapp.« Lindts Hände zitterten.

Am Unimog schwang die Fahrertür auf. Ein Mann undefinierbaren Alters mit wettergegerbtem Gesicht, in Waldarbeiterkleidung und mit einer schwarzen Zipfelmütze auf dem Kopf kletterte auf das Trittbrett hinaus, schaute missbilligend auf das Karlsruher Autokennzeichen und rief: »Ich fahr z'rück, sonst landet ihr zwei Flachlandtiroler doch noch im Bach.«

Zaghaft hob Lindt die Hand, um sich zu bedanken, aber da war der Schlepper bereits im Rückwärtsgang bergauf um die nächste Biegung verschwunden.

An einer Ausweichstelle wartete der Gegenverkehr. »Wollt ihr zu dem Alten hoch?«, kam aus dem geöffneten Fenster.

Dem Kommissar saß der Schreck noch in sämtlichen Knochen. Er nickte bloß.

»Zurzeit ist der gar net gut druff. Passet auf, dass er euch net mit einer Ladung Schrot empfängt. Auf jeden Fall am Waldrand warten und hupen. Bei Autos, die er net kennt, kann sonst sein, er schießt gleich.« Der Mann tippte an seine Zipfelmütze.

»Dachschaden?«, fragte Lindt.

»Aber voll!« Der Unimog rasselte talwärts davon.

Die Kommissare schauten sich an. Sie waren ziemlich bleich im Gesicht.

»Einen späten Feierabend hast du mir ja prophezeit, Oskar, aber den würd' ich gern auch erleben.«

Lindt fuhr zaghaft weiter. Wesentlich achtsamer als zuvor nahm er Kurve um Kurve. Die ständig ansteigende Straße schien kein Ende zu nehmen. »Ich überleg mir grad, wie es hier in ein paar Wochen aussieht«, rollte er mit den Augen. »Bei Glatteis und Schnee sicherlich eine Höllenfahrt. Wer da ins Rutschen kommt, hat nur die Wahl zwischen Baum und Bach.«

Paul Wellmann mochte sich eine solche Situation lieber nicht vorstellen. »Gleich kommt der Bretterzaun«, moserte er.

»Was für ein Zaun?«

»Mit der Aufschrift ›Ende der Welt‹.«

Auch Lindts Stimmung tendierte gegen den Nullpunkt. »Wir hätten ihn doch besser zu uns nach Karlsruhe bestellt.«

»Oskar, der wär' garantiert nicht gekommen.«

»Also freuen wir uns darauf, den Herrn Stahlfabrikanten Eduard von Villing in seiner Waldabgeschiedenheit kennenzulernen. Wir sind bestimmt gleich da. Dort vorne wird's heller.«

Tatsächlich hatte die nervenaufreibende Fahrt auf dem schmalen Sträßchen ein Ende. Vor ihnen lag eine weitläufige offene Hochebene mit saftig grünen Wiesen, darin eingebettet ein malerischer Schwarzwaldhof.

»Wie auf einer Kitschpostkarte«, meinte Oskar Lindt.

»Ich bin echt gespannt, den kennenzulernen, der hier wohnt«, runzelte Paul Wellmann die Stirn.

»Eher, was für einen Empfang er uns bereitet«, sagte Lindt und zeigte nach vorn. Direkt am Waldrand standen zwei Sperrschilder, auf jeder Wegseite eines. Mit ›Privatweg‹ war eine weiße Zusatztafel beschriftet.

»Die Schranke ist ja zum Glück offen.« Die Kommissare betrachteten die Sperranlage. Links und rechts des Schlagbaums verhinderten tonnenschwere Steinblöcke ein Umfahren. »Hupen hat der Waldarbeiter gesagt.«

Lindt tat, wie geheißen, und drückte dreimal. Nichts geschah. Minutenlang warteten sie.

»Und nun?«

»Noch mal?«

Er kam nicht mehr dazu, denn ein Knall ließ sie zusammenfahren. Blitzartig drehten sie sich um. Ein Mann stand hinten neben dem Dienstwagen und holte gerade aus, um zum zweiten Mal mit der flachen Hand auf das Blech zu klatschen.

»Halt«, schrie Lindt, riss die Tür auf und sprang wie von der Tarantel gestochen hinaus.

»So kommt's, wenn man nur nach vorne schaut.« Ein grün gekleideter, hochgewachsener Mann mit schlohweißem Vollbart und stechendem Blick aus dunklen Augen trat näher. Sein Jagdgewehr hatte er so umgehängt, dass die Laufmündung direkt auf den Kommissar zielte. Lindt stand wie festgenagelt. Unfähig, auch nur einen Ton von sich zu geben, starrte er wie hypnotisiert auf die Waffe.

Nach endlosen Sekunden hob der Mann mit einem höhnischen Lächeln das Gewehr etwas an.

»Angst?« Mit zusammengekniffenen Augen musterte er den Kommissar. »Ich kenn Sie doch!« Prüfend schaute er ihn von oben bis unten an. »Damals waren Sie noch nicht so fett.«

Lindt lief dunkelrot an und holte tief Luft. Er entgegnete nichts, zückte stattdessen seinen Dienstausweis. »Kripo Karlsruhe. Herr von Villing, wir möchten Sie bitten, uns ein paar Fragen zu beantworten.«

»So, so«, höhnte der Alte und hob eine Hand. Sein rauhaariger Vorstehhund gehorchte sofort und legte sich flach neben ihn auf den Boden. »Das letzte Mal wollten Sie mich einsperren, wenn ich mich recht erinnere.« Dann lehnte er seine Büchse gegen einen Baum und ließ mit mühelosem Schwung seinen prallgefüllten Rucksack zu Boden gleiten. Aus dessen Öffnung ragte der Kopf eines erlegten Rehs, dem er nach altem Jägerbrauch einen Tannenzweig zwischen die Zähne gesteckt hatte. »Letzter Bissen nennt man das«, brummte er. »Gehört sich so, wenn man ein waidgerechter Jäger sein will.«

»Aha«, antworteten die beiden Kommissare gleichzeitig und völlig verständnislos.

»Also los, was wollen Sie von mir wissen?«

Lindt zeigte auf den Hof. »Wohnen Sie dort? Können wir vielleicht …«

»Nein, wozu? Wie lange wollen Sie denn bleiben? Das können wir gleich hier erledigen.« Demonstrativ lehnte sich Eduard von Villing an den Dienstwagen.

»Es geht um Ihr Haus in Karlsruhe«, begann Paul Wellmann.

»Ich habe viele Häuser dort.«

Lindt fixierte den Alten genau. »Ihr Haus in Knielingen.« Das Zucken in seinem Gesicht war zwar nur minimal, aber der Kommissar hatte es bemerkt.

»Was soll damit sein? Ist vermietet.«

»An wen denn?«

»Kunsthandwerkerin, restauriert alten Plunder.«

»Wie heißt sie denn?«

»Was ist mit ihr?«

»Den Namen Ihrer Mieterin bitte.«

»Um das zu fragen, sind Sie den weiten Weg hierher gefahren? Fragen Sie sie doch selbst.«

»Das können wir leider nicht.«

Dieses Mal zuckte Eduard von Villing deutlicher. »Fahren Sie zum Hof!« Der Alte schulterte Rucksack und Gewehr und ging er mit seinem Jagdhund voran, ohne ein weiteres Wort zu verlieren.

In respektvollem Abstand folgte der Citroën den langen, federnden Schritten.

»Setzen Sie sich«, gebot von Villing, als die Kommissare vor dem dunklen, vollständig aus Holz gebauten Gehöft mit dem typischen Schwarzwälder Walmdach aus dem Wagen gestiegen waren. Unter dem umlaufenden Balkon fand die aus halben Stämmen gefertigte Sitzgruppe Schutz vor der Witterung.

Lindt und Wellmann nahmen Platz. Gegenüber stand ein alter Kirschbaum, dessen wenige verbliebene Blätter in einem herbstlich intensiven Rot leuchteten.

Der Alte zog das erlegte Reh aus seinem Rucksack, spießte ihm einen Fleischerhaken durch den Unterkiefer und hängte es am untersten Ast des Kirschbaumes auf. Aus der bereits leer geräumten Bauchhöhle tropfte es dunkelrot ins Gras.

Nachdem er seine blutverkrusteten Hände am nahen Brunnen notdürftig gesäubert hatte, setzte sich Eduard von Villing den Kommissaren gegenüber auf die zweite Holzbank.

»Was ist passiert?«, wollte er wissen. »Was ist mit ihr?«

»Von wem sprechen Sie?«

»Irene Stoll, zum Kuckuck.«

»Ihre Mieterin?«

»Nein … Ja …« Die Frage brachte ihn aus dem Konzept. »Wenn sie hier ist, wohnt sie dort drüben.« Er zeigte auf ein kleineres Haus, das in einigem Abstand zum Hof lag.

»Das Altenteil?«

»Leibgeding heißt das hier. Da es auf diesem Hof keine alte Generation gibt, stand es leer und deshalb …«

»Ist also nicht Ihre Heimat hier?«, fragte Paul Wellmann.

Von Villing wurde ungehalten. »Nein, aber alles, was Sie von hier aus sehen können, gehört mir. Den ganzen Hof mit Feld und Wald hab ich vor vielen Jahren gekauft. Der Bauer hatte sich den Kragen abgesoffen. Erst bankrott und dann tot. Und jetzt will ich endlich wissen, was …«

»In welcher Beziehung standen Sie zu Frau Stoll?«

Der groß gewachsene Alte sackte zusammen. »Sie sprechen in der Vergangenheit, also ist sie … tot?«

Lindt nickte. »Genaue Einzelheiten können wir Ihnen leider noch nicht nennen. Dafür müssen Sie bitte Verständnis haben.«

Von Villing sprang auf, beugte sich über den Tisch und krallte sich in den Rand der Platte. »Verständnis?«, schrie er. »Ich? Wofür? Ich will alles wissen! Sofort!«

Lindt blieb vollkommen ruhig. »Sind Sie mit ihr verwandt?«

Die auffallend dunklen Augen des Alten funkelten. »Irene ist meine Schwester!«, schleuderte er den Kommissaren entgegen.

»Wann haben Sie sie denn zum letzten Mal gesehen?«

Von Villing setzte sich wieder. »August, ja, Mitte August. Kurz bevor der Großholzer hier den zweiten Schnitt gemacht hat.«

Unverständnis stand in den Augen der Kripobeamten.

»Das ist der Bauer vom nächsten Hof. Drei Kilometer dort rüber. Dem hab ich die Wiesen verpachtet.«

»So ein Unikum mit Unimog und Zipfelmütze?«, wollte Wellmann wissen.

Der Alte nickte. »Sein Besitz ist aber nicht mal halb so groß wie meiner. Sind Sie ihm begegnet?«

»Ziemlich eng, dieses Sträßchen. War knapp.«

»Hier hat ja auch keiner zu fahren! Wenn's nach mir ginge, würde ich die Zufahrt schon unten im Tal sperren lassen.«

»War Frau Stoll denn häufig hier?«

»Ein paarmal im Jahr. Meistens, wenn's da unten zu heiß war, oder wenn dort wochenlang der Nebel drückte.«

»Und Sie, wie oft fahren Sie hinunter?«

Von Villing wurde laut: »Wieso fragen Sie das? Wurde meine Schwester etwa …?«

Lindt hob beschwichtigend die Hand. »Wir wissen noch nicht, ob sie eines unnatürlichen Todes gestorben ist. Die Obduktionsergebnisse werden aber bald vorliegen.«

Der Alte beruhigte sich überhaupt nicht. »Soll das etwa heißen, Sie verdächtigen mich schon wieder? Denken Sie, ich hätte meine eigene Schwester umgebracht?« Es kostete ihn große Mühe, sich zu beherrschen.

Lindt holte Pfeife und Tabak aus seiner Jacke. »Gestatten Sie?«

Unwirsch nickte von Villing, griff nach seiner Lodenjoppe, förderte daraus ein ledernes Zigarrenetui zutage und hielt es den Kommissaren hin. »Bitte, wenn Sie möchten.«

Wellmann lehnte dankend ab, Lindt hingegen zog eine dunkle Corona aus ihrer Hülle, ließ sie durch seine Finger gleiten und hielt sie sich unter die Nase. »So was gibt's nicht an jeder Ecke.«

»Costa Rica, lass ich schicken, direkt vom Importeur.« Der Alte nahm ebenfalls eine Zigarre aus dem Etui und schnitt sie zurecht, dann schob er Schere und Streichholzschachtel über den Tisch.

Als feiner Rauch in den klaren Herbsthimmel stieg, war wieder Ruhe eingekehrt, genau so, wie Lindt es wollte.

»Fehlt Ihnen die Stadt nicht, hier oben in der Einsamkeit?«, wollte Paul Wellmann wissen.

»Ich kenne die Menschen und genau deswegen bin ich hier. Über 30 Jahre habe ich das Stahlwerk persönlich geleitet, fast 2.000 Mitarbeiter, Umsätze von zig Millionen. Sie können sich vorstellen, was das bedeutet. Ärger, Ärger, Ärger. Irgendwann war Schluss. Ich hab gute Geschäftsführer eingesetzt und mich hierher zurückgezogen.«

»Ohne Kontrolle über das Werk?«

»Keinesfalls. Ich bekomme täglich Berichte, halte Videokonferenzen ab und kann jederzeit auf die EDV zugreifen, um Auswertungen zu fahren und die wichtigsten Kennzahlen abzurufen.«

Der Alte fing Wellmanns erstaunten Blick auf. »Standleitung. Neun Kilometer bis zum nächsten Knoten. Nicht ganz billig, aber sehr effektiv.«

»Unglaublich. Konzernsteuerung aus der Einöde.«

»Ich habe hier alles.« Er zeigte zum erlegten Reh am Kirschbaum. »Der Wald ernährt mich. Was ich sonst noch brauche, hat der Großholzer auf seinem Hof oder ich lasse es mir bringen. Selten, dass ich mehr als einmal im Monat von hier wegfahre.«

»Ab und zu auch nach Karlsruhe?«

»Fangen Sie schon wieder damit an?«, empörte sich von Villing, allerdings nicht mehr so lautstark wie zuvor.

Lindt legte seine Zigarre in den Aschenbecher. »Wir haben keine andere Wahl, denn vom Leben Ihrer Schwester wissen wir bisher so gut wie nichts.«

Der Alte lehnte sich zurück. »Sie hat nicht viel Glück gehabt in ihrem Leben. Der Stoll, also ihr Mann, der hatte einen Unfall. Tot. Ich hab ihm keine Träne nachgeweint. War kein Mann – arbeitsscheu und ohne Biss, zu weich eben.«

»Ist sie drüber weggekommen?«

»Hat sich nicht viel anmerken lassen. Ich glaub', irgendwann war sie dann eher erleichtert.«

»Danach?«

»Was meinen Sie? Andere Männer?«

Lindt nickte.

»Keine Ahnung. Hier oben war keiner. Ich hab nicht gefragt und sie hat nichts gesagt.«

»Also ging es ziemlich schweigsam zu, wenn Ihre Schwester zu Besuch war.«

»Wir haben noch nie unnötig geredet.«

»Auch nicht über den Antiquitätenhandel?«

Das erste Mal lachte von Villing. »Sie glauben nicht im Ernst, dass man damit auf einen grünen Zweig kommen kann. Sie hat die Höfe abgeklappert, ab und zu eine wurmstichige Truhe in ihren Wagen geladen und in Knielingen aufgemöbelt. Das war Beschäftigungstherapie, sonst nichts. Oder haben Sie dort etwa ein richtig wertvolles Stück gefunden?«

Lindt ignorierte Gegenfragen bei Vernehmungen eigentlich grundsätzlich. In diesem Fall entschied er sich anders. »Das Anwesen war leer. Vollkommen leer.«

Der Alte schien nicht zu begreifen. »Was heißt leer? Leer gibt es ja gar nicht. Sie hatte doch immer einige …«

»Haus, Werkstatt, Scheune, alles blank – nicht einmal ein Mülleimer stand im Hof.«

Von Villing bekam den Mund nicht mehr zu. »Muss ich sehen, das muss ich sehen«, stammelte er. »Sofort!«

»Die Spurensicherung arbeitet noch«, wehrte Lindt ab.

»Nein, nein, ich muss …«

»Morgen, frühestens.«

»Um acht bin ich da.«

Die Kommissare erhoben sich. Lindt reichte dem Alten die Hand. »Einverstanden.«

»Da haben wir jemanden gewaltig aufgescheucht«, stellte Paul Wellmann fest, als sie die Rückfahrt angetreten hatten und im kleinsten Gang das enge und rutschige Waldsträßchen hinunterrollten.

»Wir sollten uns vorbereiten«, meinte Oskar Lindt und drückte die Kurzwahl von Ludwig Willms auf der Tastatur seines Handys. Allerdings vergeblich. Erst auf der Bundesstraße im Kinzigtal hatten sie wieder Netz.

»Wie lange braucht ihr dazu?«, wollte Lindt wissen.

»Drei Stück?«, kam Willms' Stimme aus dem Lautsprecher der Freisprecheinrichtung.

»Ja, müsste reichen.«

»Um sieben heut Abend kann's losgehen.«

»Gut, ich setz mich mit in den Wagen. Mal sehen, wer sonst noch eine freiwillige Nachtschicht schiebt.«

»Wenn der Chef selbst mit gutem Beispiel vorangeht«, brummte Paul Wellmann, allerdings ohne rechte Begeisterung, »wer kann da schon Nein sagen.«

9

Um halb zwölf in der Nacht rollte ein großer dunkelroter Citroën auf den Parkplatz beim Friedhof des Karlsruher Stadtteils Knielingen und hielt neben einem langen schwarzen Iveco-Kastenwagen.

Viermal klopfte Hauptkommissar Oskar Lindt an die Hecktür. Verschlafen öffnete ihm ein Kriminaltechniker. »Bisher alles ruhig«, meldete er.

Paul Wellmann erhob sich aus einem von vier bequemen Bürosesseln, rieb sich die Augen, schlüpfte in seine Jacke und ging zur Tür. »Früher waren solche Aktionen wirklich anstrengend, aber heute … Tolle Technik.«

Lindt betrachtete die Monitore. Jeder Bildschirm war in vier Quadrate unterteilt, sodass an allen Arbeitsplätzen der gesamte Überblick gegeben war.

»Jede Minute ein Bild, außer, wenn sich was bewegt«, erklärte der Techniker. »Dann piept's.«

»Ihr habt ja sogar vier Kameras installiert. Prima.«

»Für dich ist uns nichts zu teuer, lieber Oskar«, antwortete Ludwig Willms aus dem hintersten Sessel, allerdings ohne sich aus der Liegeposition zu erheben. »Mach keinen Radau und leg dich hin. Ich war gerade kurz davor, den Zugspitz-Berglauf zu gewinnen.«

»Angeber, träum weiter.« Auch Lindt machte es sich bequem und war nach wenigen Minuten friedlich eingeschlummert.

Der Alarm kam um halb drei. Ein leiser, aber unüberhörbarer Pfeifton weckte die Mannschaft. Die Blicke hefteten sich auf die Bildschirme.

»Da, Kamera vier«, meldete Willms und gleich darauf: »Mistvieh! Immer diese blöden Marder.«

Im grünlichen Bild der Nachtsichtoptiken war der Schleicher gestochen scharf zu erkennen. Leichtfüßig hüpfte er, seine weichen Branten paarweise nebeneinander aufsetzend, an der Hauswand entlang, stutzte vor dem immer noch geöffneten Loch der Güllegrube und kletterte mühelos an der rauen Sandsteinwand empor, um in den Nachbarhof zu entschwinden.

»Der wäre vor dir auf der Zugspitze«, stichelte Oskar Lindt, doch Ludwig Willms konterte umgehend: »Kann vielleicht besser klettern, aber ich halte länger durch.«

»Da!«, rief der Techniker. »Am Tor.«

»Tatsächlich«, flüsterte Lindt, als fürchtete er, gehört zu werden. »Das ist er, der Alte.«

Eine groß gewachsene, schmale Gestalt öffnete das schmiedeeiserne Eingangstor einen Spalt weit, hob das polizeiliche Absperrband in die Höhe, schob sich in den Hof und zog die Pforte hinter sich sorgfältig zu.

Er ging immer nur wenige Schritte, dann blieb er stehen. »Jäger auf der Pirsch«, murmelte Oskar Lindt. Ein winziger Lichtpunkt am Kopf verriet die LED der Stirnlampe. Eindeutig Eduard von Villing.

»Oskar, was will der hier mitten in der Nacht?«

»Ich hab keine Ahnung, Ludwig. Wenn er sich vergewissern will, ob es wirklich stimmt, dass alles leer ist, kann er auch bei Tageslicht kommen.«

Die Gestalt schlich an der Wand des Wohnhauses entlang und kam nun in den eigentlichen Hofraum. Sie zögerte erneut.

»Der hat das Loch gesehen«, interpretierte Willms.

Langsam ging von Villing weiter, blieb schließlich vor der offenen Grube stehen und beugte sich darüber.

Eine Minute lang starrte er hinein, griff zwischendurch zu der Stirnlampe, um für helleres Licht zusätzliche LEDs anzuschalten. Schließlich setzte er seine Pirsch kopfschüttelnd fort.

Er erreichte die Werkstatttür, suchte in seiner Tasche herum, fand den Schlüssel und steckte ihn ins Schloss.

Vorsichtig schob er die schwere Eichentür auf und schlüpfte in den Raum. Die Tür ließ er einen Spalt breit offen.

»Jetzt auf Kamera eins«, meldete der Techniker. »Achtung, ich schalte sie auf Vollbildschirm.«

»Zum Glück ist er nicht im Wohnhaus«, sagte sein Chef Willms. »Dort hätten wir nur die Treppenhaus-Kamera.«

Die Optik in der Werkstatt zeichnete einen optimalen Überblick von mehr als 90 Prozent des lang gestreckten Raumes auf.

»Der weiß, wo er hinwill«, stellte Lindt fest, als Eduard von Villing zielgerichtet in die hinterste Ecke der Werkstatt ging.

»Was zieht der da aus seiner Manteltasche? Sieht aus wie ein großer Schraubenzieher.«

»Kannst recht haben, Oskar. Damit bohrt er im Augenblick. Ja, er hebelt den Stein heraus. Was ist das? … Sand vermutlich, den er da rausholt. Aber jetzt … ein … ein …«

»Ludwig, du kannst dich schon auf eine ballistische Analyse einstellen. Ich fress' ein Pferd, wenn das nicht … Ach, wart's ab.«

»Alles aufgezeichnet«, sagte der Techniker. »Damit kriegen wir ihn.«

Lindt griff nach dem Funkgerät. »Plan B – alle in Stellung.«

»Plan B, verstanden.«

»Zugriff, wenn Zielperson das Gelände verlässt.«

Schräg gegenüber dem Sandsteinanwesen, in dem einmal Irene Stoll gewohnt hatte, hob sich ein Garagentor völlig lautlos in die Höhe.

Eduard von Villing hatte keine Chance. Bevor er die Hofpforte hinter sich zuziehen konnte, wurde er von zwei schwarzen Gestalten, die sich auf dem Gehweg im Schutz der Hauswand angeschlichen hatten, gepackt und zu Boden geworfen. Arme auf den Rücken – klick, rasteten die Handschellen ein. Er versuchte noch, an seinen Hosenbund zu greifen.

Das machten jetzt die Polizisten des mobilen Einsatzkommandos. »Achtung, Knarre.« Einer zog die 9-mm-SIG-Sauer aus von Villings Gürtelholster hervor, der andere aus der Schubtasche des Mantels eine zusammengeschnürte Plastiktüte mit massivem Inhalt. Schließlich fanden sie beim Abtasten der Beine einen rasiermesserscharf geschliffenen Jagdnicker, den der Alte mit zwei Lederriemen unter dem Hosenbein an seiner rechten Wade festgebunden hatte.

»Eduard von Villing, ich nehme Sie vorläufig fest«, verkündete Kriminalhauptkommissar Oskar Lindt um 3.04 Uhr im Schein von drei Taschenlampen des MEK auf einer dunklen Ortsstraße im Karlsruher Stadtteil Knielingen.

»Was werfen Sie mir vor?«, keuchte der an der Wand des vollständig aus Sandstein gebauten Anwesens stehende alte Mann.

»Einen Moment bitte«, sagte Lindt, streifte sich zwei Latexhandschuhe über und löste den Schnurknoten an der Plastiktüte. Ein dickes weiches Tuch, das nach Öl roch, kam zum Vorschein. Daraus zog der Kommissar mit zufriedener Miene einen schwarz glänzenden Trommelrevolver hervor.

»Mal bitte hier drauf leuchten«, bat er einen der Kollegen des mobilen Einsatzkommandos. Dann las er laut die Kaliberbezeichnung vor: ».357 Magnum – ich denke, das reicht. Ich beschuldige Sie, mit dieser Waffe vor zehn Jahren Ihre Ehefrau erschossen zu haben.«

»Meinen Anwalt!«, stieß der Alte hervor, seine stechenden dunklen Augen blitzten, dann schwieg er.

»Abmarsch!«, kommandierte Lindt und spürte den hasserfüllten Blick in seinem Rücken, während Eduard von Villing in einem Wagen des MEK zum Polizeipräsidium gebracht wurde.

»Die Steine hier in diesem Rechteck sind wesentlich heller«, stellte KTU-Chef Willms fest, als er zusammen mit Oskar Lindt die Stelle im Werkstattboden untersuchte, wo die Kurzwaffe versteckt gewesen war. »Vermutlich war das der Platz einer Maschine. Kreissäge, Hobelmaschine, irgend so was.«

»Oder es war ein Schrank, für Werkzeuge zum Beispiel«, überlegte Lindt. »Würde von der Form her besser passen. Solange der hier stand, war das Versteck sicher, doch als wir ihm gestern klar machten, dass alles leergeräumt wurde, gingen seine Alarmglocken los. Kein guter Schauspieler, dieser Herr von Villing.«

»Konntet ihr ihm damals nichts nachweisen?«, wollte Willms wissen.

»Ich kann mich noch gut erinnern. Er war der einzige Verdächtige, aber wir hatten kein Indiz, womit wir ihn hätten festnageln können. Keine Schmauchspuren, keine Tatwaffe, keine Zeugenaussagen, nichts. Motiv? Fehlanzeige. Geld hatte der Alte jedenfalls schon damals mehr als genug. Beziehungsstress? Seine Frau und er lebten bereits jahrelang getrennt, da war nichts Akutes zu erkennen. Auch aus dem Umfeld gab es keine verwertbaren Hinweise.«

»Alibi?«, fragte Willms.

»Das hatte er keines. Zur Tatzeit auf dem Hof gewesen, natürlich alleine – sagte er. Lässt sich halt nicht widerlegen. Trotzdem wollte ich da einhaken und ihn wenigstens vor Gericht bringen, der Staatsanwalt hat allerdings nicht mitgespielt. Der hatte Angst, sich durch einen Freispruch zu blamieren.«

»Oskar, jetzt kriegen wir ihn. Wenn die Geschossspuren von damals zu der Waffe passen, haben wir ihn am Wickel. Gib uns einen halben Tag und vorher eine Mütze Schlaf, dann servieren wir ihn dir auf dem Silbertablett.«

Lindt blieb skeptisch. »Der Alte ist ein Fuchs und du weißt ja, das Fell des Bären kann man erst verteilen, wenn man ihn erlegt hat.«

Willms arbeitete schnell, sehr schnell. Ein paar Schüsse aus der Waffe, mikroskopische Vergleichsanalyse der Geschosse mit dem Projektil und …

Lindts Handy klingelte, als er noch zu Hause am Frühstückstisch saß.

»Jawoll! Passt! Volltreffer!«, ertönte Willms' jubelnde Stimme so laut aus dem Lautsprecher, dass Carla alles mithörte. »Diese Knarre ist eindeutig die Tatwaffe. Gratulation, du hattest wieder mal das richtige Bauchgefühl.«

»Was für ein Diensteifer, Ludwig. Das muss ich in meinem Bericht extra erwähnen«, gab Lindt zurück. »Und ich dachte, du wolltest noch ein wenig schlafen. Kommst du nachher zu uns ins Büro? 10 Uhr? Ich spendiere dir einen riesigen Belohnungskaffee.«

Die Freude währte leider nur kurz, denn zur Vernehmung hatte Eduard von Villing gleich zwei Rechtsanwälte als Unterstützung herbestellt. Die hörten sich die neuesten kriminaltechnischen Erkenntnisse geduldig an und konterten anschließend völlig emotionslos: »Unser Mandant wusste von dieser Waffe. Sie ist jedoch nicht sein Eigentum. Er wusste lediglich von ihrer Existenz und ihrem Versteck. Er wird aber keinerlei Aussage darüber machen, wie er zu dieser Erkenntnis gelangt ist. Unser Mandant hat diese Waffe niemals in der Hand gehabt. Es gibt keine weiteren Indizien, weder Fingerabdrücke noch Schmauchspuren. Deshalb sehen wir einen Haftgrund als nicht gegeben und fordern Sie auf, Herrn von Villing sofort auf freien Fuß zu setzen.«

Staatsanwalt Conradi gab sich damit nicht zufrieden. »Ihr Mandant kann eine solche Aussage nur verweigern, wenn er damit einen sehr nahen Verwandten belasten würde.«

»Gehen Sie einfach davon aus, dass es so ist. Diese Person werden wir selbstverständlich nicht benennen.« Die Anwälte standen auf. »Bitte, Herr von Villing. Sie können nicht länger festgehalten werden.«

Conradi hatte keine andere Wahl. Er musste den Alten gehen lassen.

Oskar Lindt war sauer, stocksauer. Rein formal verstand er die Entscheidung des Staatsanwalts, auf den er ansonsten große Stücke hielt. Emotional hingegen fühlte er sich wie ein Angler, dem gerade der Fisch seines Lebens vom Haken entkommen war.

Mit einer Miene, die zeigte, dass es besser war, ihn im Augenblick nicht anzusprechen, zog er sich in sein Büro zurück, verbat sich für die nächsten Stunden jegliche Störung und schloss die Tür.

Kaum hatte er an seinem Schreibtisch Platz genommen, sprang er wieder auf, riss den Telefonhörer vom Apparat und wählte die Nummer der Pforte. »Sind die zwei Rechtsanwälte mit dem großen weißhaarigen Mann schon raus?«

»Kommen gerade die Treppe herunter.«

»Unbedingt festhalten. Zurück ins Vernehmungszimmer. Ich komm runter.«

Der diensthabende Beamte hatte alle Mühe, konnte die Anwälte und Eduard von Villing jedoch so lange hinhalten, bis Lindt persönlich an der Pforte eingetroffen war.

»Bitte, es wird nicht lange dauern, aber eine wesentliche Frage müssen wir Ihnen noch stellen.«

»Können Sie das nicht hier machen?«, fragte einer der Anwälte recht ungehalten. »Herr von Villing ist ein freier Mann.«

»Leider geht das nicht. Wir müssen das Gespräch protokollieren.«

Widerwillig machten die Juristen zusammen mit ihrem Mandanten kehrt.

Auch der kleine und ansonsten sehr nette Staatsanwalt Tilmann Conradi, den alle nur den ›Kurzen‹ nannten, war nicht sehr erfreut.

»Hätten Sie das nicht vorhin erledigen können?«

»Entschuldigung. Der Gedanke kam mir erst gerade eben.«

Lindt wollte nichts unversucht lassen. Er setzte auf Überraschung und Konfrontation. »Wann haben Sie Ihren Sohn eigentlich zum letzten Mal gesehen, Herr von Villing?«, fiel der Kommissar gleich mit der Tür ins Haus.

Dem Alten klappte die Kinnlade herunter. »Meinen … meinen Sohn? Woher kennen Sie ihn? Was hat Konstantin mit dieser Sache zu tun?«

»Immerhin hat er längere Zeit in Ihrem Haus in Knielingen gewohnt.«

Von Villing explodierte und schoss empor. »Niemals!

»Weshalb sind Sie sich da so sicher?«

»Das hätte ich gewusst, wenn er bei Irene …«

»Er hat Sie in der Vergangenheit mehrfach sehr enttäuscht, Ihr Sohn«, stellte Lindt fest.

»Das kann man wohl sagen«, schnaubte der Alte. »Er hatte alle Möglichkeiten.«

»Trotz seines erstklassigen Studiums in den Staaten hat er Ihre Spitzenranch an die Wand gefahren.«

Von Villing wurde rot. »Ich hab ihm verziehen. Der Börsencrash hat ihn voll erwischt – so wie viele andere auch.«

»Dann haben Sie ihm noch eine Chance gegeben.«

»Ja, aber es war falsch, an ihn zu glauben. Er ist ein völliger Versager, eine echte Null. Wenn er das alleinige Sagen über die Geschäftspolitik des Stahlwerks gehabt hätte, stünden wir heute vor dem Aus. Zum Glück habe ich es rechtzeitig bemerkt und ihn schnellstens abgelöst.«

»Seither ist Funkstille zwischen Ihnen.«

»Sie können sich vorstellen, dass so etwas – gelinde gesagt – nicht besonders harmonisch verläuft.«

»Sie hatten also einen Riesenkrach.«

Der Alte nickte. »Dabei habe ich ihm sämtliche Tantiemen gestrichen. War ja nur logisch. Ich habe von ihm verlangt, ab sofort finanziell auf eigenen Beinen zu stehen.«

»Hat er gearbeitet oder hatte er Rücklagen?«

Von Villings Gesicht wurde dunkel, besonders auffällig im Kontrast zu seinem weißen Vollbart. »Ich hab' ihm alles gelassen, was er aus dem Geschäftsbetrieb abgezweigt hatte. Alles, die ganzen 250.000 Euro.«

»Wer hat das aufgedeckt?«

»In der Buchhaltung sitzen zwei Mitarbeiter, die schon sehr lange für die Firma arbeiten. Die kamen nach zwei Jahren dahinter, dass kontinuierlich größere Beträge auf ein privates Konto umgeleitet worden sind.«

»Haben Sie Anzeige erstattet?«

Der Alte schüttelte den Kopf. »Kam für mich nie infrage.« Er sah Lindt geradewegs in die Augen. »Oder würden Sie Ihren einzigen Sohn ans Messer liefern?«

»Ich habe drei Töchter und soweit ich weiß, sind die bisher nicht auf Abwege geraten«, antwortete Lindt. Irgendetwas an von Villings Antwort störte ihn. War es ein winziges Detail seines Gesichtsausdrucks? Lindt wusste es nicht – noch nicht. Er schloss die Augen und drückte die Hände an die Schläfen. Konnte das sein? Ein spontaner Gedanke hatte sich irgendwo in seinen grauen Zellen festgesetzt. Er versuchte, den Einfall zu verdrängen, jedoch war dieser unerwartet hartnäckig.

Einer der Anwälte wurde ungeduldig. »Sind Sie endlich fertig? Was sollen denn diese ganzen Fragen über das Verhältnis unseres Mandanten zu seinem Sohn? Wir sehen überhaupt keinen Grund, länger hierzubleiben.«

»Bitte, ein paar Minuten Geduld«, bat Lindt. »Ich lasse Ihnen in der Zwischenzeit etwas zu trinken bringen.«

Die Anwälte wollten widersprechen, doch von Villing gebot: »Wir bleiben!«

Lindt stand auf und ging zur Tür. »Es dauert wirklich nicht lang. Bin gleich zurück.«

Paul Wellmann, der gemeinsam mit Staatsanwalt Conradi hinter der Spiegelscheibe gestanden hatte, trug eine Flasche Wasser und drei Gläser in den Vernehmungsraum.

»Der Gedanke lässt mich nicht los«, sagte Lindt und begann, Conradi und Wellmann seine Hypothese zu erläutern. »Vielleicht ist es völlig absurd, absolut daneben, aber möglicherweise haben wir damit das Motiv gefunden; das Motiv für die Tat von vor zehn Jahren.«

»Schon ziemlich abstrus, was Sie sich da zusammenreimen«, meinte Conradi. »Wirklich sehr weit hergeholt.«

Paul Wellmann hingegen unterstützte seinen Kollegen: »Wir konnten bisher kein realistisches Motiv herausarbeiten, wieso er damals seine getrennt lebende Frau hätte umbringen sollen. Ich finde, dieser Gedanke wäre es zumindest wert, ihm nachzugehen.«

Der Kurze gab auf: »Gut, zwei gegen einen. Wenn Sie beide dieser Meinung sind, dann ordne ich die Untersuchung an.«

»Danke, jetzt müssen wir nur noch warten, bis er …« Lindt warf einen Blick durch die Scheibe. »Nicht mehr nötig.« Er betrat den Raum wieder. »Es kann sein, dass wir Sie in den nächsten Tagen ein weiteres Mal befragen müssen. Würden Sie sich bitte zu unserer Verfügung halten?«

Der Alte knurrte: »Sie wissen, wo sie mich finden. Hier in der Stadt werde ich jedenfalls nicht bleiben.«

Lindt öffnete die Tür. »Bitte, Sie können gehen.«

Er winkte Jan Sternberg heran und wandte sich an Eduard von Villing: »Dürfen wir Sie bitten, Ihre Schwester zu identifizieren? Unser junger Kollege wird Sie begleiten.«

»Wir müssen ihm Zeit geben, Fehler zu machen«, sagte der Kommissar zum Kurzen, als das Vernehmungszimmer wieder leer war. »Könnten Sie auch noch einer Überwachung zustimmen?«

Conradi war überrascht. »Sie wollen ihn observieren lassen? Im Stadtbereich kann eine solche Aktion vielleicht unbemerkt gelingen, aber dort oben im Schwarzwald? In einer solchen Einöde fällt jeder Fremde sofort auf.«

Ein Lächeln umspielte Lindts Lippen. »Ich dachte eher an eine technische Lösung.«

Der Staatsanwalt runzelte die Stirn. »Wenn Sie mich so fragen, haben Sie doch längst …«

»Selbstverständlich nur, wenn Sie einverstanden sind – aber das waren Sie bisher ja immer.«

Der Kurze atmete tief durch und stand auf. »Meinetwegen. Lassen Sie mir das Formblatt zukommen.«

»Liegt auf meinem Schreibtisch bereit. Sie brauchen es nur noch zu unterzeichnen.«

Eine gute Stunde später rief Jan Sternberg im Büro an. »Der Range Rover ist eben losgefahren.«

»Mit dem Alten drin?«

»Ich hab ihn zu seinem Wagen gebracht und momentan fährt er schnurstracks Richtung Autobahn.«

»Okay, hier auf dem Monitor kann ich die Position sehen. Unbemerkt dranbleiben, bis er auf der A 5 ist. Dann kannst du abdrehen.«

»Er besitzt noch einen alten Jeep und einen Unimog, an dem ein Schneepflug montiert ist«, sagte Paul Wellmann.

»Haben das die Offenburger Kollegen gemeldet?«

Wellmann nickte. »Sind gerade oben auf dem Hof. Der

Hund tobt anscheinend im Zwinger herum, menschliche Wesen sind ihnen jedoch nicht begegnet. Sollen sie beide Fahrzeuge präparieren?«

Lindt überlegte kurz. »Ich kann ihn nicht recht einschätzen. Echt ein alter Fuchs. Ja, sie sollen die GPS-Module auch dort anbringen.«

»Akustische Raumüberwachung?«

Der Kommissar zögerte. »Das ist mit Conradis Einverständnis sicherlich nicht abgedeckt. Andererseits ... wenn die Kollegen nun schon mal dort sind ... Ja, gut, aber mit maximaler Vorsicht.«

»Oskar, die sind genauso gut wie unsere Technikertruppe hier. Mach dir keine Sorgen.«

Die fatalen Folgen dieser Entscheidung würden sich allerdings erst einige Tage später zeigen.

10

»Oskar, du solltest mal dringend in deinen PC schauen. Die Mail von der Salzmann.« Paul Wellmann hatte die Nachricht bereits gelesen. »Todeszeitpunkt vor 12 bis 16 Tagen. Genauer geht nicht wegen der Lage in dem Güllewassergemisch.«

»Die Todesart war nicht Ertrinken, oder?« Lindt erinnerte sich an den dunkelblauen Striemen quer über den Hals.

»Nein, eindeutig Tod durch Strangulation«, berichtete er.

»Ohne Zweifel?«

»Ja, so steht es hier. Unsere Frau Doktor hat eine deutliche Strangfurche gefunden. Auf jeden Fall war Irene Stoll bereits mehrere Stunden tot, als sie in die Jauchegrube versenkt wurde.«

»Demnach wäre das die dritte Person, die in diesem kalten Anwesen mit einem Strick Bekanntschaft gemacht hat. Jetzt die Stoll und davor Mutter und Tochter … Wann war das noch gleich?«

»Die Akte müsste eigentlich schon da sein.« Wellmann durchsuchte die Eingangspost. »Ja, hier. Das war … 1978. eindeutig Suizid. So steht's zumindest im Bericht.«

»Du hast also auch Zweifel?«

»Immer, Oskar. Nach dem, was sich jetzt dort ereignet hat, müssen wir uns diese alte Sache noch einmal genauer ansehen.«

»Wann hat Eduard von Villing das Haus eigentlich gekauft?«

Wellmann holte die Akte mit der Auskunft des Grundbuchamtes. »Das war 1963.«

»Und die Meldeliste? Wer hat dort gewohnt?«

Wellmann las vor: »Bis 1962 Alois Hartmann, im selben Jahr verstorben. Seine Frau Berta ist ihm bereits 1953 im Alter von nur 59 Jahren vorausgegangen. Von den Erben dieses Hartmann – sieht so aus, als wäre das Ehepaar kinderlos gewesen – hat von Villing das Anwesen ein Jahr später gekauft.«

»War der Alte selbst mal dort gemeldet?«

»Ab 1963, sieben Jahre lang.«

»Alleine?«

»Ja, niemand sonst. War wohl schon früher eher ein Einzelgänger.«

»Paul, ich glaube, da müssen wir noch mal mit deiner netten Bekannten reden.«

Wellmann stutzte: »Was, wen meinst du?«

»Stichwort Rollator.«

»Ach herrje, ob das was bringt? So wie da der Kalk gerieselt ist.«

»Manchmal können sich alte Leute hervorragend an lange zurückliegende Zeiten erinnern.«

»Na gut, wir können's ja versuchen«, meinte Wellmann und fuhr fort: »Ab 1970 sind Maria und Karin Lempp dort gemeldet, Mutter und Tochter, 1942 und 1960 geboren.«

»Also mit 18 Jahren schon Mutter geworden«, rechnete Lindt schnell nach. »Haben wir einen Hinweis auf den Vater des Kindes?«

»Bisher nicht; ich schick' eine Anfrage ans Standesamt. Das sind die beiden, die sich gemeinsam erhängt haben.«

Lindt notierte sich die wichtigsten Daten in seinem Notizbuch. »Todesjahr 1978, da war die Mutter 36 und die Tochter 18. Versuch bitte beim Standesamt auch die Daten von Eduard von Villing rauszufinden. Geburtstag, Eheschließung, Adressen und all das.«

Paul Wellmann las weiter: »Nächste Bewohnerin: Ilse Kapp ab 1980.«

»Schon wieder eine alleinstehende Frau?« Lindt rieb sich die Stirn. »Verstehe ich nicht. Da wäre doch Platz genug für eine Großfamilie.«

»Sonst ist niemand aufgeführt. Moment noch, Anmerkung – diese Kapp wurde von ihrer Mutter 1988 als vermisst gemeldet. Ist nie mehr aufgetaucht.«

»Na, das wird ja immer besser. Auf diesem Anwesen liegt wirklich kein Segen.«

»Dann klafft wieder eine Lücke von drei Jahren. Vielleicht die Zeit, um jemanden für tot erklären zu lassen?«

»Ich meine, so was dauert wesentlich länger, aber das kannst du ja recherchieren.«

»Ich mach mich gleich dran. Die Daten von Irene Stoll werde ich ebenfalls abfragen. Die ist ab 1991 gemeldet und seit 2009 zusätzlich ihr Neffe, Konstantin von Villing. Den kennen wir ja persönlich.«

Lindt hielt sich die Nase zu. »Hoffentlich hat der sich in der Zwischenzeit mal gewaschen. Scheint ihm ja zu gefallen in der U-Haft, oder hat er sich gemeldet?«

»Haftprüfungstermin ist übermorgen. Glaubst du wirklich, dass er seine Tante umgebracht hat?«

»Wenn er tatsächlich so ein Versager ist, wie ihn der Vater

dargestellt hat, dann bestimmt nicht. Wie war noch gleich die Formulierung, die er benutzt hat? Er habe sie auf dem Gewissen. Das lässt ja die unterschiedlichsten Interpretationen zu.«

»Echt ein gordischer Knoten, diese ganze Geschichte. Da werden wir uns die Zähne dran ausbeißen.«

»Paul, ich muss mir das alles in Ruhe durch den Kopf gehen lassen. Mindestens zwei Stunden lang.«

»Draußen regnet's«, antwortete Wellmann.

»Macht nichts. Mein Schirm liegt im Auto«, antwortete Kriminalhauptkommissar Oskar Lindt, griff sich Tabak und Pfeife vom Schreibtisch und machte sich zu einem gedankenanregenden Spaziergang durch das herbstliche Karlsruhe auf.

Lindt schlug den Kragen seiner dicken Jacke hoch, spannte den großen schwarzen Stockschirm auf, entzündete seine Pfeife in einer windgeschützten Ecke und stiefelte gemächlich los. Wohin, das war eigentlich völlig egal, Hauptsache raus an die frische Luft. Die Methode Denken beim Gehen hatte sich bei ihm sehr bewährt.

Er nahm die eher schmalen Straßen, nicht die mit vielen Läden, Schaufenstern und Passanten. Schnell überquerte er deshalb die viel befahrene Karlstraße und wanderte anschließend ziellos durch die Wohnstraßen der Südweststadt.

Er ging nicht schnell, aber gleichmäßig. Dabei gelang es ihm, nach und nach seine Gedanken zu strukturieren.

Er traute dem Alten nicht. Nein, keinesfalls. Deshalb war es richtig, ihn zu überwachen.

Was konnte ihn nur bewogen haben, sich in die Einsamkeit zurückzuziehen?

Oskar, fragte er sich, Oskar, würdest du es dem Alten zutrauen, vor zehn Jahren seine Frau umgebracht zu haben? Damals warst du fest davon überzeugt – und heute, nachdem du ihm wieder begegnet bist?

Ich weiß es nicht, musste er sich eingestehen. Der Fund der Tatwaffe spricht dafür, ist allerdings kein Beweis. Wenn es jedoch stimmt, was seine Rechtsanwälte sagten, und er seine Aussage verweigerte, um einen nahen Angehörigen zu schützen, wer kommt dann als Täter infrage?

Doch nur sein Sohn! Aber warum hätte der seine eigene Mutter erschießen sollen? Außerdem war er zur Tatzeit ja noch in Amerika.

Lindt hatte keine Ahnung und er fühlte einen schweren, undurchdringlichen Nebel über allem lasten. Über diesem kalten Anwesen, über allen seinen früheren Bewohnern, über Eduard und Konstantin von Villing …

Der Nebel drückte auf ihn, er drückte auf Oskar Lindt. Dick, feucht, schwer, kalt.

Wie er in diesem Moment durch die Straßen der Karlsruher Südweststadt irrte, genauso verloren kam er sich in der Nebelsuppe vor. Nichts war zu erkennen, nicht die Hand vor Augen, geschweige denn ein Weg heraus aus diesem Labyrinth.

Sollte er das Geheimnis vielleicht gar nicht lüften? War es einfach dazu bestimmt, für immer im Verborgenen zu bleiben?

Nein, sagte er sich, und das tat er so laut, dass zwei Mädchen, die ihm in farbenfrohen Regenmäntelchen entgegenkamen, kichernd weiterhüpften.

Nein, sagte er erneut, als er die Karlstraße wieder erreichte, klopfte energisch seine Pfeife am Absatz aus, schloss den großen Regenschirm und betrat die Bäckerei, die ihm in seinen Gedankennöten wie ein Segen vorkam.

Zwei Schokocroissants und einen großen Café au Lait genoss er an einem der Stehtischchen, von wo aus er einen guten Ausblick auf die belebte Straße hatte.

Oskar Lindt schaltete um – vom Programm ›Grübeln‹ auf das Programm ›Leute-Schauen‹. Auch dabei hatten sich schon häufig erstaunliche Erkenntnisse ergeben.

Nicht etwa, dass er irgendwelche verdächtigen Personen bemerkt hätte. Nein, er ließ einfach seiner Fantasie freien Lauf und malte sich aus, welche Geschichten sich da gerade vor seinen Augen abspielten.

Der Alte mit grauem Haar, grauer Mütze, grauem Gummimantel und griesgrämigem Blick, der einen ebenso dreinblickenden und grauen Zwergschnauzer Gassi führte.

Das Studentenpärchen, das sich unter einem viel zu kleinen Schirm eng aneinander drückte, um nicht nass zu werden – das sich sein Glück von dem Bindfadenregen nicht vermiesen ließ.

Oder die Frau im eleganten weinroten Hosenanzug, die einen farblich passenden Trolley eilig hinter sich herzog, und es gerade noch schaffte, die Stadtbahn zu erreichen.

Lindt stellte sich vor, wie das Leben dieser Leute ablief. Wo kamen sie her, wo wollten sie hin? Wie waren ihre Lebensumstände? Voller Sorgen oder voller Glück? Sonnenschein auch bei Regen, oder Perspektivlosigkeit, selbst bei schönstem Wetter?

Welche Lebensaussichten hatte Irene Stoll gehabt? Waren sie so düster gewesen, dass ihr nur dieser letzte Ausweg geblieben war?

Oder stimmte es, was ihr Neffe angedeutet hatte, und sie war diesen Weg nicht freiwillig gegangen?

Warum schwieg Konstantin von Villing plötzlich so hartnäckig, seit er das leere Anwesen gesehen hatte, obwohl er vorher aus eigenem Antrieb gekommen war, um eine Aussage zu machen? Konnte man ihm überhaupt etwas glauben, oder litt er unter einer schweren psychischen Störung? Ob ihn die alte Frau von gegenüber gekannt hatte?

Ja, Lindt entschloss sich, aktiv zu werden. Es war Zeit, ihr endlich einen Besuch abzustatten.

»Der ist noch gar nicht so alt«, berichtete Paul Wellmann, als sie in dem blauen Volvo saßen, der ihm als Dienstwagen zugeteilt war, und Richtung Knielingen fuhren. »Eduard von Villing wurde 1942 geboren.«

Lindt war erstaunt: »Was, erst 69? Dem hätte ich gut und gerne zehn Jahre mehr gegeben. Was so ein weißer Bart doch ausmacht.«

Dann rechnete er: »42, 52, 63, mit 21 Jahren schon ein eigenes Haus. Kann das überhaupt sein?«

»Als Spross einer Stahldynastie ist das wahrscheinlich kein Problem. Ich wette, der hat nur seine Volljährigkeit abgewartet, um sich von zu Hause zu lösen. Damals war er übrigens Student. Hat hier an der Technischen Hochschule sein Diplom in Physik gemacht und danach BWL draufgesattelt.«

»Das Stahlwerk drüben in Wörth, wann wurde das denn gegründet?«

Auch hier konnte Wellmann Auskunft geben. »Gebaut 1936 von seinem Vater, dem Ableger einer Industriellenfamilie aus dem Ruhrgebiet. Der Großvater dieses Eduard wurde im Ersten Weltkrieg vom Kaiser Wilhelm II. geadelt. Kriegswichtige Produktion – das war zu dieser Zeit gar nicht mal so selten.«

»Also immer vom Vater auf den Sohn übergegangen. Heutzutage wirklich selten, dass eine 2.000-Mann-Firma als Familienbetrieb geführt wird.«

»Lass mich mal weiterrechnen, Paul. Wann wurde Konstantin geboren?«

»1978. Sein Vater war 36, als es mit dem Stammhalter endlich geklappt hat. Vier lange Jahre nach der Hochzeit. Die Mutter war zwölf Jahre jünger.«

»Auch von Adel?«

»Nein, Oskar, kein blaues Blut. Luise, Geburtsname Ott, Arbeiterkind aus einem Heidelberger Stadtteil.«

»Gar nicht standesgemäß. Vermutlich waren es ohnehin eher die weiblichen Reize, die ihn angezogen haben, so jung wie sie bei der Hochzeit war.«

»Scharfsinnig wie immer, der liebe Oskar«, meinte Paul Wellmann. »Mir ist dieser Gedanke natürlich auch gleich gekommen.«

»Was haben wir doch für einen Beruf, Paul. Wühlen in der Vergangenheit anderer Leute.«

»Wenn ich da rüberschaue«, antwortete Wellmann, denn sie waren gerade am Ziel eingetroffen und hielten gegenüber dem Sandsteinhaus, »denke ich eher an den Dreck anderer Leute.«

Emilie Barnsteiner brauchte zwei Minuten, bis sie die Tür öffnete. »Ich hab's Ihnen doch gesagt«, begrüßte sie Paul Wellmann und ihre himmelblauen Augen blitzten. »Gehen Sie net dort drüben rein, es liegt wirklich kein Segen drauf.«

Wellmann drückte der gebrechlichen alten Frau lange die Hand. »Es hat mir sehr zu denken gegeben.«

»Ich hab's zu allen g'sagt, aber keine hat auf mich hören wollen. Die Ilse net, die so plötzlich verschwunden ist, und die Irene auch net. Aber die hab ich schon mindestens 14 Tag' nimmer g'sehn.«

Wellmann und Lindt zeigten ihre Dienstausweise. »Dürfen wir vielleicht reinkommen?«

»Ach so, Sie sind von der Polizei. Normalerweise lass ich ja keine Fremden ins Haus, aber bei zwei so netten Männern mach ich gern mal eine Ausnahme.«

Emilie ging mit dem Rollator vorneweg, die Kripobeamten folgten ihr in die Küche.

»In meine Küch' kommt net jeder«, zwinkerte sie. »Nur wer mir besonders sympathisch ist.« Sie zeigte auf die Eckbank. »Setzen Sie sich ruhig dorthin. Sie trinke' doch sicher a Tässel Kaffee mit mir.«

Ohne eine Antwort abzuwarten, schob sie den Gehwagen in die Ecke, stützte sich an der Tischkante ab und holte mit einer erstaunlichen Geschwindigkeit drei Tassen samt

Untertellern aus dem altmodischen Küchenbuffet. Auch das Kaffeekochen mit Wasserkessel und Porzellantrichter auf der Kanne ging ihr unglaublich flott von der Hand.

Bis der Kessel auf dem Gasherd flötete, hatte die alte Frau bereits Milch, Zucker und eine Packung Keksringe herbeigezaubert.

»Der wird aber stark«, wunderte sich Oskar Lindt, als er sah, wie viele Messlöffel Kaffeepulver in der Filtertüte verschwanden.

»Kaffee zum Durchgucken gibt's bei mir net. Der isch mein Benzin. Der hält mich auf Trab. Und des da«, sie füllte sich drei Löffelchen Zucker in ihre Tasse, »hat mir der Doktor eigentlich verboten, aber er sieht's ja grad net.«

Ihre Hand zitterte leicht beim Einschenken, dennoch ließ sie sich das Porzellan nicht abnehmen. »Sagen Sie, was isch mit der Irene? So viele Polizisten da drüben in den letzten Tagen. Und sogar in der Nacht, als sie den Eduard abg'führt haben. Da stimmt doch was net.«

Die Kommissare waren sprachlos. »Das haben Sie aber genau beobachtet.«

Emilie schob die Fenstergardine zur Seite. »Meine Augen sind noch gut. Nur beim Lesen hapert's ein wenig. Wissen Sie, hier sitz ich immer, hör Radio und guck 'naus auf d' Straß.«

»Sogar in der Nacht?«

»In meim Alter braucht man nimmer so viel Schlaf. Ich hab genau g'sehn, wie sich Ihre vermummten Kollegen den Eduard g'schnappt haben.«

»Sie kennen ihn?«

»Natürlich, der hat ja lang g'nug da drüben g'wohnt. Von Villing, dass ich net lach! Erst ›von und zu‹ und dann ›auf und davon‹!« Emilie Barnsteiner kicherte wie ein junges Mädchen. »Wissen Sie, als der da drüben eingezogen isch, war er noch ein echt junger Kerl. Da hat er noch studiert.«

»Es wundert uns, dass er ganz alleine dort drin gewohnt hat«, hakte Oskar Lindt vorsichtig nach.

Emilie prustete: »Alleine? Der war nie alleine! Der hat seine Freundinnen gewechselt, so oft wie ander' Leut die Unterhos'. Ich hab's oft g'nug zu ihm g'sagt: ›Eduard, wart doch mal ab, bis die Richtige kommt.‹ Da hat er nur gelacht und g'meint: ›Bisher war mir jede die Richtige!‹ So, jetzt wissen Sie, was das früher für einer war.«

»Und heute? Ist er da anders?«

Die alte Frau nahm schnell ein Schlückchen aus ihrer Tasse. »Später ist er ja fortgezogen. Ich glaub' nach Baden-Baden in so eine Villa.«

»Dann haben Sie ihn lange nicht gesehen?«

»Ach was, die Weiber, die er da einquartiert hat, des waren doch alles seine Mätressen. Da war er oft g'nug zu B'such. Man hat genau aufpassen müssen: Tor auf – Auto rein – Tor zu und dann hat niemand mehr g'sehn, was da drüben los war. In den Hof sieht man halt net rein.«

»Früher wohnten Mutter und Tochter zusammen, haben Sie die näher gekannt?«

»Die Frau hat niemals gegrüßt und des Kind hat nie auf der Straß' g'spielt. Ich will ja nix behaupten, gell, aber der Eduard war damals sehr oft bei denen da drüben, auch wie er schon verheiratet war.«

»Sie meinen, er hat beide besucht?«

»Es isch wirklich viel g'schwätzt worden in der Straß', aber ich sag dazu lieber nix. Was denke' Sie denn, warum die sich gemeinsam … und des Kind war grad 18 Jahr' alt.«

»Schlimm«, nickte Lindt. »Sehr schlimm.«

»Haben Sie die Mieterin danach denn besser gekannt?«, wollte Paul Wellmann wissen.

»Sie meinen die Ilse? Ja, die hat wenigstens ab und zu mal was g'sagt. Aber Miete hat die garantiert keine bezahlt.«

»Dann hat hier in der Nachbarschaft bestimmt jeder gewusst, was da gelaufen ist«, mutmaßte Oskar Lindt.

»Ja, aber im Lauf der Zeit ist er ruhiger g'worden, der Eduard, und wie die Ilse verschwunden war, ist das Haus da drüben drei ganze Jahr' leer g'standen.«

»Bis dann die Frau Stoll …«

»Ach, die Irene. Lang hab ich's ja net g'wusst, aber nachdem der Eduard fast gar nie mehr zu B'such kommen isch, hab ich sie mal gradraus g'fragt, ob sie vielleicht mit ihm verwandt sei. Da hat sie fürchterlich zum Lache' ang'fange' und mir anvertraut, dass sie seine Schwester isch.«

»Leider jetzt auch tot«, sagte Wellmann knapp.

Emilie schlug die Hände vors Gesicht. »Ich hab' mir gedacht, dass da was net stimmt. Seit sie sich vor zwei Jahr' den junge' Kerl da ang'lacht hat, da isch es bergab gange' mit ihr. Der hat immer so finster dreing'schaut. Immer fettige Haar und so ein' langen Mantel hat er ang'habt. Vor dem hat jeder hier irgendwie Angst g'habt.«

»Meinen Sie, der könnt's gewesen sein?«, fragte Paul Wellmann.

»Ja, wieso? Isch die Irene etwa …?«

Lindt nickte. »Es steht ja sowieso bald in der Zeitung. Wir haben sie im Gülleloch gefunden.«

Emilie Barnsteiner schrie auf und schlug sich erneut die Hände vors Gesicht. »Auch wenn sie mir net b'sonders sympathisch war, aber des hat sie wirklich net verdient g'habt, die Irene.« Dicke Tränen rannen über ihre Wangen. »Nein«, schluchzte sie, »versäuft im Brühloch wie a junge Katz. Wer macht denn auch so was?«

»Sie war schon tot, als jemand sie da rein …«, legte Paul Wellmann tröstend den Arm um die alte Frau.

Emilie schwieg. Ihre blauen Äuglein glänzten ganz feucht.

»Tut mir sehr leid, dass wir Sie damit behelligen mussten«, sagte Oskar Lindt, »aber für uns ist es natürlich sehr wichtig zu wissen, ob Sie in den letzten 14 Tagen da drüben irgendetwas Außergewöhnliches bemerkt haben.«

Sie überlegte: »Ganz ruhig war's halt. Die Irene hab ich net g'sehn und den jungen Kerl auch net. Bloß der weiße Kastenwagen, der ist öfter mal rein- und rausg'fahren.«

»Ein Kastenwagen?«

»Ja, aber net der Transporter, der sonst alle paar Monat' gekommen isch. Der war ja schwarz und hat die Möbel abg'holt, wenn sie wieder mal was fertig g'habt hat.«

»Also ein weißes Fahrzeug?«

»So einer wie der vom Paketdienst, aber net so neu, eher ziemlich rostig. Immer mit zwei Mann drin.«

»Waren die früher schon mal da?«

»Kann sein. Seit die drüben das automatische Tor haben,

muss ja niemand mehr aussteigen zum Aufmachen. Ich hab halt gedacht, es kommt ein anderer wege' die Möbel.«

»Hat die Irene Ihnen da mal was gezeigt?«

»Ach, wo denken Sie hin. Da isch niemand reinkommen in den Hof. Sie hat's mir nur erzählt und manchmal hat man die Maschinen g'hört.«

Wellmann hakte nach: »Der Transporter, überlegen Sie bitte, ist Ihnen an dem etwas aufgefallen? Eine Aufschrift vielleicht oder die Autonummer?«

Emilie schüttelte den Kopf. »Ganz weiß und ziemlich dreckig war er. Die Aufschrift auf der Tür hab' ich net lesen können, deswegen hab ich meine Nachbarin g'fragt. Die hat den auch mal g'sehen. ›Haushaltsauflösung‹ hat sie g'sagt und dass er aus Rastatt g'wesen wär.«

Lindt und Wellmann tranken eilig aus und erhoben sich von der Eckbank. »So, wir haben Sie lange genug geplagt mit unserer Fragerei. Sie haben uns wirklich sehr weitergeholfen. Vielen Dank für den Kaffee. Falls Ihnen noch was einfällt …« Lindt legte seine Karte auf den Tisch.

Emilie Barnsteiner setzte ihre Brille auf. »Ooh, sogar ein Kriminalhauptkommissar.«

»Zwei Hauptkommissare«, antwortete Lindt und zeigte auf seinen Kollegen. »Da sehen Sie, wie wichtig Ihre Beobachtungen für uns sind. Sie können uns gerne jederzeit anrufen.«

Die alte Frau winkte von ihrer Haustür aus so lange, bis sie den blauen Volvo nicht mehr sehen konnte.

11

»Der war ja wirklich zum Tote Aufwecken, dieser Kaffee«, meinte Paul Wellmann. »Jeden Tag könnt' ich den nicht vertragen.«

»Nur mit drei Löffeln Zucker«, schmunzelte Lindt. »Und bloß dann, wenn's der Arzt nicht sieht.«

Er rief umgehend im Büro an. »Jan, find mal raus, welche Firmen es für Haushaltsauflösungen in Rastatt gibt. Weißer rostiger Kastenwagen. Ach, und wenn du schon dabei bist, das Auto von Irene Stoll. Da hätten wir uns längst drum kümmern müssen. Am besten gibst du es gleich zur Fahndung raus. Halt, noch ein dritter Auftrag: Klinken putzen bei den Nachbarn in Knielingen. Wir suchen einen schwarzen Transporter. Einer, der öfter gekommen ist. Könnte ein Antiquitätenhändler sein.«

Sternberg war voller Eifer und meldete sich bereits drei Minuten später. »Ich hab's gleich bei den Kollegen in Rastatt probiert. Weiße Schrottkarre? Kann nur der Trödel-Willi sein, haben die gemeint, unser alter Bekannter. Hat einen Schuppen dort im Gewerbegebiet.«

Lindt notierte sich die Adresse in seinem Notizbuch. »Was ist mit dem Alten?«, wollte er wissen.

»Immer noch auf der Autobahn Richtung Süden, inzwischen kurz vor Appenweier. Der Punkt auf meinem Monitor bewegt sich kaum, dort ist gerade Stau in der Baustelle.«

Lindt gab Anweisung: »Ruf die Kollegen in Rastatt noch

mal an, ob sie vielleicht zu diesem Willi hinfahren und sich mit uns dort treffen können. Wir schauen jetzt gleich bei ihm vorbei.«

Es war Feierabendverkehr und die beiden Kommissare brauchten im Stop-and-go über eine halbe Stunde bis zur A 5. In der Zwischenzeit bekamen sie einen direkten Anruf der Kripo Rastatt. »Der Trödel-Willi, den kennen wir nur allzu gut. Hat gesessen wegen Hehlerei, zweimal drei Monate, scheint seit Längerem sauber zu sein. Nur noch reguläre Haushaltsauflösungen. Vielleicht hat's ihm im Knast doch nicht so gefallen. Wir stehen gerade vor seiner baufälligen Halle.«

»Okay, dann geht schon mal rein und fragt, ob er in letzter Zeit in Karlsruhe-Knielingen ein Haus ausgeräumt hat. Wir kommen dazu.«

Eine Viertelstunde später waren Lindt und Wellmann im Rastatter Industriegebiet.

»Viel scheint mit Entrümpelungen nicht verdient zu sein«, meinte Paul und betrachtete die brüchige Halle. »Ob wir reinkönnen, ohne dass sie über uns zusammenbricht?«

»Hast du wieder Angst um dein bisschen Leben«, frotzelte Oskar. »Du darfst die Eingangstür halt nicht so zuknallen.«

»Ach, schau mal da«, zeigte Wellmann nach links auf einen rostigen Fiat Ducato. »Wetten, dass wir hier einen Volltreffer landen?«

Die beiden Mitarbeiter der Kripo Rastatt hatten bereits gute Arbeit geleistet. »Wohnzimmer, Gästezimmer, Schlafzimmer – alles aus Knielingen. Gell, Willi?«

Der Trödler war sichtlich nervös. »Warum kreuzt ihr zu viert bei mir auf? Alles ganz ordnungsgemäß, sogar mit schriftlichem Auftrag.« Er kramte in mehreren Schreibtischschubladen. »Hier bitte, lest selbst.«

Lindt setzte seine Lesebrille auf. Die handschriftlichen Einträge waren nicht besonders gut zu entziffern. »Was soll das heißen? Wer hat Ihnen den Auftrag erteilt?«

Willi nahm den zerfledderten Zettel wieder an sich. »Hambacher hat er gesagt, ja, Hambacher … oder so.«

»Oder so?« Lindt blickte ihn streng an. »Haben Sie sich den Ausweis zeigen lassen?«

»Äh … ja … also eigentlich nein. Den Auftrag hat mein Mitarbeiter angenommen. Auch Schlüssel und Funktaster fürs Tor … hat alles gepasst.«

»Beschreiben Sie ihn doch mal, diesen Hambacher. Größe, Alter? War er dick, war er dünn, blond, braunhaarig, Bart, Glatze, Brille, welches Auto hat er gefahren?«

Willi schüttelte den Kopf. »Das war zu viel aufs Mal. Ich hab ihn ja selbst gar nicht gesehen.«

»Wer dann? Nur Ihr Mitarbeiter? Wo finden wir den?«

»Den Radko? Hat mir nur ab und zu geholfen. Macht seit vorgestern Urlaub in seiner Heimat. Bosnien oder so. Irgendwo da unten auf dem Balkan.«

Lindt atmete tief durch. »Hören Sie mal ganz schnell ganz gut zu, lieber Herr Trödel-Willi. Raus mit der Sprache, aber flott, oder wir machen zusammen einen Ausflug nach Karlsruhe. Dort werden Sie 48 Stunden lang unser Gast sein und nach genau 47½ Stunden werden wir das erste Mal mit Ihnen sprechen.«

Willi hob beschwichtigend die Hand. »Ist ja gut, ist ja gut. Das war alles komplett legal.« Er pochte auf den verdreckten und eingerissenen Auftragszettel.

»Also, was war noch drin in diesem Haus in Knielingen?«

»Ehrlich, mehr war nicht im Haus. Was ich nicht brauchen konnte, hab' ich entsorgt. Kleider und so bring ich immer zum Second Hand.«

Lindt trat dicht zu ihm hin und drückte ihm drei Finger mitten auf die Brust. »Außer dem Wohnhaus stehen da noch andere Gebäude.«

Willi machte einen Schritt nach hinten, plumpste in einen mit brüchigem Leder bezogenen Ohrensessel. »Er … er … hat mir wirklich einen guten Preis gemacht.«

»Für die Maschinen und die Werkzeuge?«

»Die Werkstatt war echt gut ausgestattet. Nicht nur so Hobbykram.«

Lindts Stimme bekam einen drohenden Unterton. »Und, was haben Sie damit gemacht?«

»Die sind … Ich …« Er wurde verlegen. »Der Radko …«

»Hat sie mitgenommen?«

»Ich konnte ihm seit fünf Monaten keinen Lohn mehr bezahlen. Die Zeiten sind halt schlecht für so einen kleinen Betrieb.«

»Und die Möbel aus der Scheune? Die waren sicher sehr viel mehr wert?«

Willis Augen wurden ziemlich groß. »Dort war nichts, wirklich gar nichts. Alles leer. Ehrlich, ganz ehrlich.«

Lindt schnaubte: »Mit diesem Wort sollten Sie nur sehr, sehr sparsam umgehen – Sie, bei Ihrer Vergangenheit.«

»Ich bin wirklich sauber, seit Jahren nichts Krummes mehr.«

»Warum lügen Sie uns dann an? Wie kann Ihnen dieser Hambacher einen guten Preis gemacht haben, wenn Sie ihn angeblich nie gesehen haben?«

»Nein, echt, das stimmt. Ich hab nur mit ihm telefoniert.«

»Und das Geld, wann haben Sie ihm das gegeben?«

»Noch gar nicht«, kam kleinlaut aus dem Ohrensessel. »Ich hab gemerkt, dass es ihm wichtig war, dass wir schnell sind und alles mitnehmen. Der war irgendwie richtig unter Druck. Deswegen hab ich mit ihm ausgehandelt, dass er erst Kohle sieht, wenn ich den Plunder verkauft hab.«

»Dann wird er wohl bald mal vorbeikommen und nachfragen«, sagte Lindt drohend.

Willi schaute zu Boden. »›Wenn du nicht zahlst, brennt deine Bude‹, hat er mir gedroht.«

»Also, die Telefonnummer, aber zackig.«

Leise antwortete Willi: »Hat mich immer angerufen. Keine Nummer zu sehen.«

»Und wenn er plötzlich hier in der Tür steht? Wie wollen Sie ihn bezahlen, wenn dieser Radko alle Maschinen mitgenommen hat?«

Willi zuckte mit den Schultern. »Keine Ahnung. Vielleicht ist er mit einer Anzahlung zufrieden.«

»Hören Sie mir mal genau zu. Wir beide«, Lindt zeigte auf Paul Wellmann und sich, »wir kommen aus Karlsruhe, und zwar nicht von der Abteilung für Diebe, Hehler und sonstige Kleinkriminelle, sondern von der Mordkommission. Sie liefern uns diesen Hambacher oder wie er auch immer heißt. Dann kommen Sie in der Sache mit einem blauen Auge davon, falls Sie nicht ohnehin eines haben, wenn der Sie besucht, um sein Geld abzuholen.«

»Wenn nicht?«, stöhnte Willi.

»Kommen wir wieder vorbei«, antwortete einer der Rastatter Kripobeamten, »und nehmen den ganzen maroden Laden hier auseinander. Wir finden garantiert was, das für einen neuen Kuraufenthalt in ›Bad Bruchsal‹ reicht, und das nicht nur für drei Monate.« Er ging zum Verkaufstresen, schaute sich um, nahm einen zerschundenen Aktenordner aus dem Regal dahinter und steckte den Finger durch das Griffloch. »Morgen früh kommen unsere Kollegen und bauen genau hier hinein eine Überwachungskamera mit Aufzeichnung. Wehe, Sie spielen nicht mit!«

Willi ließ die Arme hängen. »Scheiße«, war alles, was er hervorbrachte. »Ich sitze wohl total drin.«

Nach einer kurzen Besprechung mit den Kollegen des Nachbarlandkreises machten sich Lindt und Wellmann auf die Heimfahrt.

Dieses Mal nahmen sie die Strecke über die B 36. In Durmersheim meldete sich Jan Sternberg: »Mercedes Sprinter, hinten geschlossen, vorne getönte Scheiben, mit französischer Nummer. 67, also Département Bas-Rhin, das war alles, was ich bei den Anwohnern rausfinden konnte. Der Transporter kam schon seit Jahren und muss wohl einen Funköffner für das Tor gehabt haben. Wenn ich zurück im Präsidium bin, schicke ich eine Mail nach Straßburg.«

»Nadel im Heuhaufen«, stöhnte Lindt. »Manchmal hilft uns ja der Zufall. Hast du noch was über den Wagen der Stoll rausgefunden?«

»Auf sie ist kein Fahrzeug registriert, aber die Nachbarn haben von einem schwarzen Land Rover Discovery gesprochen, so ein schwerer Geländewagen, mit dem sie immer gefahren sei. Wir haben einen gefunden, angemeldet auf Eduard von Villing – mit Karlsruher Nummer. Fahndung läuft.«

»Gute Arbeit, Jan«, lobte Lindt. »Ein weiterer Hinweis darauf, dass die Frau von ihrem Bruder unterstützt worden ist.«

Am nächsten Morgen bekam Jan Sternberg einen Anpfiff aus der Puzzleabteilung der Rechtsmedizin. »Ich bin hier bei der Arbeit und nicht auf der Flucht!«, zischte Dr. Adelheid Salzmanns Stimme aus dem Hörer. »Gute Arbeit braucht ihre Zeit! Sagen Sie das Ihrem Chef!«

»So eine Schreckschraube!« Sternberg gab die Reaktion der Ärztin direkt an Oskar Lindt weiter.

Der grinste nur. »Jetzt weißt du, warum ich dich beauftragt habe, bei ihr anzurufen.«

Doch auch von der Kriminaltechnik, der Fahrzeugfahndung und der französischen Polizei lagen keinerlei neue Erkenntnisse vor und so beschloss Lindt, sich Konstantin von Villing noch einmal vorzunehmen.

Gemeinsam mit Jan Sternberg suchte er die JVA Bruchsal auf, um irgendwie mit dem Häftling ins Gespräch zu kommen. Rein äußerlich war er kaum wiederzuerkennen.

»Was Dusche, Rasierer und ein Satz frischer Kleider doch ausmachen«, flüsterte Jan seinem Chef ins Ohr.

Lindt kommentierte das nicht, sondern setzte sein friedfertigstes Gesicht auf. »Sie wollten ja unbedingt ins Gefängnis. Wie gefällt es Ihnen denn nun hier in unserem Hotel mit Vollpension?«

»Danke der Nachfrage«, grinste von Villing. »Es gab Tage, da habe ich schlechter gegessen und härter geschlafen.«

»Das heißt, Sie möchten gerne hier bleiben?«

»Warum nicht? Draußen wird es bald ziemlich ungemütlich. Herbststürme, Novembernebel, Eis und Schnee.«

»Was ist das schon gegen die persönliche Freiheit?«

»Im Frühjahr können wir ja noch mal darüber reden …«

»So einfach, wie Sie sich das vorstellen, wird das Ganze nicht funktionieren. Zumindest bräuchten wir einen hinreichenden Tatverdacht, dass Sie …«

»Ist doch einfach: Sie schreiben's auf und ich setz meine Unterschrift darunter. Dann haben Sie Ihren Erfolg und ich mein warmes Plätzchen.«

»Traumhafter Zustand.« Lindt nickte. »Ich bin dabei. Allerdings wüsste ich natürlich gerne, was ich da aufsetzen soll.«

»Vollkommen egal, Hauptsache, ich kann eine Weile hierbleiben.«

Der Kommissar wandte sich an seinen Mitarbeiter: »Jan, das Notebook.«

Als der Computer hochgefahren war, diktierte Lindt: »Geständnis. Ich, Konstantin von Villing, geboren am …«

»24. Dezember 1978 in Karlsruhe.«

»Oh, Sie sind ein Christkind. Wohnhaft in Karlsruhe-Knielingen ...« Weiter kam er nicht.

»Nein, nein, schreiben Sie bitte: ohne festen Wohnsitz.«

»Soll ich das?«, wollte Sternberg wissen.

»Meinetwegen, aber nimm die letzte Meldeadresse dazu. – ... habe am 11. Oktober 2011 meine Tante ...«

Von Villing schrie auf: »Woher wissen Sie denn das?«

»Denken Sie vielleicht, wir waren untätig? Also schreib: Habe meine Tante, Frau Irene Stoll ..., dann die Anschrift.« Lindt fixierte von Villing. »Was haben Sie eigentlich mit ihr gemacht?«

»Egal, schreiben Sie halt was.«

»In der Jauchegrube ertränkt«, zischte der Kommissar.

Von Villing schoss von seinem Stuhl in die Höhe. »Niemals«, schrie er. »Sie hing im Schrank.«

»Und Sie haben ihr dabei geholfen, sich dort drin aufzuknüpfen, in einem alten Schrank, der kaum 1,70 Meter hoch ist?«

»Sie glauben mir nicht?«

»Kein Wort!« Lindt haute mit der flachen Hand auf den Tisch. »Rücken Sie endlich mit der Wahrheit heraus!«

»Wie lange dauert es bis zur Gerichtsverhandlung?«

»Bestimmt einige Monate«, antwortete Jan Sternberg vorschnell.

»Von wegen«, schnaufte Lindt. »Solange ich selbst nicht glauben kann, was Sie uns auftischen, gibt es überhaupt kein Verfahren. Da bekommen Sie eine viel schlimmere Strafe.« Er zeigte mit seinem Daumen zur Wand.

»Was, raus? Sie wollen mich hier rauswerfen? Nein!«, kreischte von Villing.

»Also die Wahrheit, los, los!«

»Ihre schlauen Ärzte haben doch sicherlich Strangulationsmerkmale gefunden.«

Der Kommissar antwortete nicht.

»Ich gestehe, sie erst betäubt und dann erhängt zu haben«, sagte Konstantin von Villing. »Mit dieser Aussage wird mich kein Haftrichter der Welt freilassen.«

»Sie wissen nicht, wohin? Stimmt's?« Es war offensichtlich, dass Konstantin von Villing log.

»Schreiben Sie, was ich gesagt habe«, wandte sich der Häftling an Jan Sternberg. »Mehr bekommen Sie von mir nicht.«

»Sie sind eine harte Nuss«, brummte der Kommissar. »Aber ich, ich bin der Nussknacker! Ich komme wieder, immer wieder. Verlassen Sie sich drauf.«

Dann zog er ein Proberöhrchen aus seiner Aktentasche. »Freiwillig?«

»Was, Sie wollen meine DNA analysieren?«

»Exakt!«

»Wozu? Ich gestehe doch.«

»Routine«, antwortete Lindt.

»Darf ich ablehnen?«, fragte von Villing und seine Augen wurden schmal.

»Ich sagte ja, wir kommen wieder. Beim nächsten Mal mit einer richterlichen Anordnung.«

»Also bis demnächst.« Er stand auf und ging zur Tür.

»Nicht so schnell«, sagte der Kommissar. »Sie bleiben erst

mal hier. Ich kläre das gleich.« Er klopfte und ein Vollzugsbeamter öffnete von außen.

»Bleiben Sie bitte ein paar Minuten hier drin«, bat Lindt ihn. »Wir brauchen etwas Zeit. Ach, wo finden wir den Diensthabenden?«

»Dritte Tür links«, kam die Antwort, dann verließen die Ermittler der Karlsruher Kriminalpolizei den Raum.

»Jan, du weißt, wo wir was suchen?«

Sternberg hielt die Beweismitteltüte und die Latexhandschuhe bereits in der Hand. »In der Zelle findet sich garantiert was, und wenn wir die Haare einzeln von dem Leintuch klauben müssen.«

Es war bereits weit nach Mittag, als sie zurück im Karlsruher Polizeipräsidium waren.

Die kleine Plastiktüte wanderte in die Technik und mit dem unterschriebenen Geständnis machte sich Oskar Lindt auf den Weg zu Staatsanwalt Conradi.

»Er sagt nicht die Wahrheit«, berichtete der Kommissar über die Vernehmung. »Aber es ist Ihre Entscheidung, ob und wie wir die Öffentlichkeit informieren sollen.«

»Wir müssen die Medien endlich füttern«, entschied der Kurze. »Wenn wir später revidieren müssen, können wir immer noch neue Erkenntnisse vorschieben. Pressekonferenz 16 Uhr? Einverstanden?«

Lindt stimmte zu. »Wir werfen uns die Bälle zu, so wie immer.«

12

Die meisten Samstagszeitungen brachten die Meldung zweispaltig an exponierter Stelle. ›Suizid stellt sich als Mord heraus‹, titelten die Blätter und ›Wieder ein schneller Ermittlungserfolg der Karlsruher Mordkommission. Tatverdächtiger bereits in U-Haft.‹ Dazu Bilder der Pressekonferenz mit Staatsanwalt, Pressesprecher und Kommissar.

Oskar Lindt war zufrieden, als er am Frühstückstisch den Bericht überflog. »Das gibt uns genügend Zeit, der Sache auf den Grund zu gehen«, sagte er zu Carla und bestrich seine Brezel dick mit Butter. »Nichts Schlimmeres, als wenn einem diese Zeitungsfritzen im Genick sitzen und jeden Tag dreimal bei der Pressestelle anrufen.«

»Soll das heißen, wir haben das Wochenende für uns? Nur für uns?«

»Hab ich gut hinbekommen, oder?«

»Gib mir mal dein Handy«, sagte Carla, und drückte, als sie es hatte, den entscheidenden Knopf. »Aus! Nur so haben wir wirklich unsere Ruhe.«

»Eigentlich würde ich gerne was mit dir unternehmen«, lächelte Oskar und genau dieser Gesichtsausdruck war es, der seine Frau misstrauisch machte. »Was hast du vor? Raus mit der Sprache?«

»Och …« Lindt trat ans Fenster und schaute zum grauen Himmel. »Dieser Nebel … Wie wäre es, wenn wir in die Sonne …?«

»Hört sich gut an«, antwortete Carla lauernd.

»Auf den Bergen wohnt die Freiheit …«

»Was, Bayern, König Ludwig, Neuschwanstein? Ist das nicht etwas weit?«

»Dann bleiben wir halt in der Nähe. Vor ein paar Tagen war ich ja mit Paul da oben im Schwarzwald.«

»Du Schuft! Ich wusste es doch. Etwa bei diesem Einsiedler, der euch fast erschossen hätte? Nein, danke.«

»In der Gegend waren wir beide noch nie. Es gibt dort wirklich urig alte Schwarzwaldhöfe, gepflegte Gastlichkeit …«

»Und riesige Portionen Bauernvesper? Das sieht dir wieder ähnlich.«

Carla überlegte: »Kein dienstlicher Gedanke. Versprochen?«

»99 Prozent privat, ein Prozent Restrisiko. Ehrlich.«

»Sei vorsichtig mit diesem Wort, mein Lieber. Ich kenne dich lange genug. Aber gut, wenn wir dieser trüben Nebelsuppe entkommen können.«

Oskar drückte seine Carla an sich und eine Stunde später startete das Ehepaar Lindt zu einem Wochenendausflug auf die Höhen des Mittleren Schwarzwaldes.

Der alte blaue Mercedes-Diesel, der manchmal tagelang in der Garage stand, brummte freudig bei der Fahrt in südlicher Richtung. Die aussichtsreiche Schwarzwaldhochstraße zwischen Baden-Baden und Freudenstadt war für die beiden Karlsruher seit Jahren ein Muss. Sooft es ging, kamen sie hierher. Bereits kurz hinter der mondänen Bäderstadt lichtete sich das Nebelmeer und als sie auf der Bühlerhöhe die erste Rast machten, konnten sie die angenehm wärmenden Strahlen der Herbstsonne genießen.

Bei der Mittagseinkehr in der Kniebis-Hütte studierte Oskar die Landkarte. »Hier wollte ich schon immer einmal hin«, sagte er und zeigte mit dem Finger auf einen weiter südlich gelegenen Berg namens Brandenkopf. »Verträgst du kurvige Sträßchen, bergauf, bergab?«

»Wenn du schön langsam fährst«, stimmte Carla zu.

Hinunter ins Renchtal nahmen sie die B 28, die breite Bundesstraße. »Hier wurde Reichsfinanzminister Matthias Erzberger ermordet«, verkündete der Kommissar, als sie an einem Gedenkstein vorüberfuhren.

»Zum Glück war das 1921, sonst würdest du jetzt wieder ermitteln«, gab Carla zurück.

»Angeblich war er nach sechs Schüssen immer noch nicht tot. Erst nach zwei weiteren in den Kopf.«

»Schluss mit diesen Grausamkeiten. Wir wollen doch die schöne Gegend genießen. Oooh, übernachten wir dort drüben?« Carla zeigte entzückt auf den Komplex des vornehmen Sternehotels ›Dollenberg‹.

»Sag mal, wovon träumst du denn nachts, wenn du solche Tagträume hast?«, murrte Lindt. »Ein Spitzenklassewellnesstempel ist mit meinem schmalen Beamtengehalt sicher nicht drin.«

Sie kurvten hinunter nach Bad Griesbach und Bad Peterstal, überwanden danach den Löcherberg und mussten in Oberharmersbach ein wenig suchen, um die Abzweigung des engen Sträßchens zu finden, das zum Brandenkopf führt.

Oben jedoch, auf dem fast 30 Meter hohen Aussichtsturm, wurden sie für die anstrengende Fahrt mehr als entschädigt. Sie hatten einen der wenigen Tage mit exzellenter Fernsicht erwischt. Über dem Nebelmeer des Rheintales waren die Vogesen zum Greifen nah, sogar die Alpen konnten sie klar erkennen und in östlicher Richtung den langen Höhenzug der Schwäbischen Alb.

Oskar Lindt schaute nach Osten, allerdings interessierte er sich mehr für die näher liegenden grünen Rodungsinseln im dunklen Wäldermeer. »Da drüben, siehst du, Carla, dort müssen wir hin.«

Er reichte seiner Frau das Fernglas und wies ihr die richtige Richtung, bis sie den riesigen dunklen Hof von Eduard von Villing in der Optik erkennen konnte. »Da waren wir, Paul und ich. Große saftige Wiesenflächen rings um das Anwesen – dazu Wald, so weit das Auge reicht. Der Besitz ist größer als die Fläche des Fürstentums Monaco.«

»Du willst doch diesen Eigenbrötler hoffentlich nicht aufsuchen«, empörte sie sich. »Mit mir zusammen auf gar keinen Fall. Nichts Dienstliches, das hast du mir versprochen! Wenn du mich dort hinbringst, rufe ich mir ein Taxi und bin weg!«

»Da kannst du lange rufen. Glaub kaum, dass dich einer hört, und das Handy funktioniert nur an wenigen Stellen. Aber keine Sorge, wir machen nur, was uns gefällt. Spaziergänge, Ausruhen, in der Sonne sitzen …«

»Und vespern! Kann's mir schon denken. Und in so einer alten Hütte, wo einem die Mäuse über die Bettdecke hüpfen, werde ich bestimmt nicht übernachten. Oskar, ich hoffe, du weißt, was du mit mir vorhast.«

»Lass dich überraschen«, zwinkerte Lindt und nahm den Abstieg vom Turm.

Mit geöffnetem Schiebedach lenkte er den dunkelblauen Mercedes in das nächste Tal hinunter und parkte in der früheren Kreisstadt Wolfach, wo er seine Frau nach einem Spaziergang entlang der Kinzig in der malerischen Altstadt zu einem riesigen Zwei-Personen-Eisbecher einlud.

Carla war wieder versöhnt, lehnte sich zurück und ließ sich die warmen Strahlen der Nachmittagssonne ins Gesicht scheinen.

»Ist das nicht auch ein wenig Wellness?«, wollte Lindt wissen.

»Bis jetzt bin ich zufrieden«, meinte seine Frau. »Bis jetzt …«

»Abwarten« war Oskars knappe Antwort.

Es dämmerte schon, als er einige Kilometer weiter von der Bundesstraße abbog und der Beschilderung ›St. Roman‹ folgte.

Das enge Tälchen machte bei der hereinbrechenden Nacht keinen besonders einladenden Eindruck und je mehr sie sich im Schatten der hoch aufragenden Tannen um die Kurven schlängelten, umso mulmiger wurde es Carla.

»Hier sagen sich doch Fuchs und Hase Gute Nacht!«, nörgelte sie.

»Abwarten, wir sind gleich da.« Lindt tastete zum Beifahrersitz.

»Nimm beide Hände ans Steuer«, wies sie ihn ab. »Ich will nicht dort unten landen.« Mit kritischem Blick schielte sie in Richtung des Baches, aber dann: »Oooh! Hier wohnen ja doch noch Menschen. Das sieht ja …«

»… nicht schlecht aus«, ergänzte Oskar, als sie vor dem malerisch erleuchteten ›Silencehotel Adler‹ auf den Parkplatz einbogen, der mit vornehmen Karossen der unterschiedlichsten Herkunft bereits gut gefüllt war.

»So was hätte ich nach dieser Fahrt nicht mehr erwartet.«

»Wann hattest du denn Zeit, zu reservieren?«, wollte Carla wissen und war entzückt von dem großen, mit hellem Holz eingerichteten Balkonzimmer, in das sie geführt wurden.

»Du hast unseren Koffer gepackt und ich …«, freute sich Lindt, dass er anscheinend keine schlechte Wahl getroffen hatte.

»Schade, wenn ich gewusst hätte, dass es hier eine Badelandschaft gibt, dann …«

Doch auch hier konnte Oskar punkten, denn er zauberte die Badesachen aus seinem Wanderrucksack hervor.

Die beiden genossen ein Stündchen Erfrischung und Entspannung im wohligen Nass des Hallenbades, kosteten das Wasser aus dem Quellbrunnen der Adler-Quelle und wagten sich sogar hinaus in das ganzjährig beheizte Freibad.

Schließlich meldete sich Oskars Magen. »Wir können ja später noch mal …«, schielte er zu Carla, die sich von den Massagedüsen gar nicht losreißen wollte.

»Eigentlich sollten wir länger hier bleiben«, meinte er nach einem Blick auf die Naturpark-Speisekarte. ›Geschnetzeltes aus der Wildschweinkeule‹, ›Terrine vom Damhirsch‹ oder ›Rehrücken aus heimischer Jagd, in zwei Gängen serviert‹, müsste ich eigentlich unbedingt probieren.«

Seine Frau antwortete nicht, sondern warf nur einen schiefen Blick auf die beachtlichen Rundungen an Oskars Körper, bestellte eine ›Fangfrische Schwarzwaldforelle aus eigenen Weihern‹ und meinte strahlend: »Kein Problem, mein Lieber, lass uns einfach öfter hierher kommen.«

»Na, wer hat denn diesen Förster erlegt?«, flachste Lindt mit der dirndlgekleideten Bedienung, als sie ihm den ›Försterteller‹ mit Steaks von Reh-, Rot- und Damwild und sautierten Pilzen servierte.

Die junge Frau mit dem dunkelbraunen Zopf war die Sprüche der Gäste wohl gewohnt, ließ sich nicht aus der Ruhe bringen und zeigte zum Stammtisch. »Bestimmt einer von den Grünen dort drüben. Am besten, Sie fragen die selbst.«

Die lautstarke Unterhaltung der fünf Jäger war nicht zu überhören. Einer stellte ein abnormes Rehgehörn mitten auf den Tisch und erzählte anschließend mindestens sieben Mal, wie er diesen ›uralten, heimlichen Recken‹ zur Strecke gebracht hatte. Ein anderer zog die langen Hauer eines Keilers aus der Tasche seiner Lodenjoppe und berichtete mit drastischen Worten, wie es ihm gerade noch gelungen war, das angreifende Wildschwein mit einem Schuss aus der Hüfte zu stoppen.

»Alles Jägerlatein«, raunte Lindt halblaut zu Carla. »Wenn die wüssten, wie ich aus der Hüfte …«

Er stutzte, denn am Stammtisch wurde nun plötzlich ein

anderes Thema durchgenommen. Weitaus emotionaler als vorher ging es um: »… schießt immer an der Grenze …«, »… hat mir den besten Bock vor der Nase weg …«, »… knallt alles ab, der Alte, alles, was ihm vor den Lauf kommt …«

Lindt brauchte nicht lange zu überlegen. Als die Wirtin sich dazustellte und die Jäger mit den Worten aufzog: »Von dem bisschen Wildbret, was ihr hier anliefert, würden unsere Gäste längst nicht satt. Zum Glück haben wir den Alten, der versorgt uns prima!«, war ihm sofort klar, über wen da geschimpft wurde.

»Hierher, an den Stammtisch, soll er sich besser nicht trauen, sonst …« Ein sehr korpulenter Grünrock ballte die Faust und erntete lautstarke Zustimmung seiner Jagdkumpane.

»Purer Neid, wenn ihr so über ihn herzieht«, konterte die Wirtin und brachte eine neue Ladung Bier. »Der kann's halt, das Jagen. Ich sag euch, der ist wirklich ein erfahrener Fuchs. Von dem könnt ihr noch viel lernen.«

Anscheinend hatte sie hier wirklich das Sagen, denn die Gesellschaft ging umgehend zu einem anderen Thema über.

Lindt wollte noch länger zuhören, doch er bemerkte den kritischen Seitenblick seiner Frau. Dann kam ihm der Zufall zu Hilfe.

Der korpulente und ein jüngerer Jäger erhoben sich schwankend und machten sich offensichtlich auf den Weg zur Toilette. Der Kommissar wartete eine halbe Minute, ehe er die Chance ergriff. »Mal kurz für kleine Jungs« – weg war er.

Am Waschbecken sprach er sie an. »Muss ja ein übler Kerl sein, Ihr Jagdnachbar.«

»Der«, ballte der Dicke die Faust erneut und seine kleinen, von Fett fast zugeschwollenen Schweinsäuglein blitzten. »Wenn ich den mal im Dunkeln erwische!«

»Unsere Rehe werden jedes Jahr weniger«, schimpfte der andere. »Lockt sie über die Grenze und dann – peng! Wir haben das Nachsehen.«

Lindt gab sich verständnisvoll. »Ist er auch sonst so schlimm oder nur auf der Jagd?«

Der Dicke begann zu kochen: »Seit der sich den Hof unter den Nagel gerissen hat – den größten Hof weit und breit übrigens –, seitdem ist hier der Teufel los. Sie sollten mal seine Augen sehen, kohlschwarz, sieht aus wie der Leibhaftige!« Er packte Lindt an den Schultern und schüttelte ihn. »Aber die Weiber fliegen auf ihn. Der jagt alles, was zwei Beine hat und einen Rock trägt.« Er wurde leiser. »Ich hab meine Alte damals sofort rausgeschmissen, als ich dahinterkam, wo die zum Joggen immer hingefahren ist.«

»Nur bei der Frau vom Großholzer hat er's bisher nicht versucht, aber der mäht ihm auch jedes Jahr zweimal die Wiesen«, ergänzte der andere Jäger. »Dieser von Villing meint, er könnte immer und überall machen, was er will.«

»Ich dachte, das wäre ein alter Mann«, sagte Lindt vorsichtig.

»Wenn Sie sich da nur nicht täuschen. Außerdem ist der schon über 20 Jahre dort droben. Da kann eine Menge passieren. Aber bitte, fangen Sie bloß da drin in der Wirtschaft nicht mit diesem Thema an.«

»Gib's zu, du hast die Kerle ausgefragt«, zischte Carla, als Lindt nach viel zu langer Zeit zu ihr an den Tisch zurückkam.

»Ich konnte es einfach nicht lassen. Stell dir vor, der Alte, über den sie so geschimpft haben, schnappt ihnen nicht nur die besten Rehböcke, sondern auch die Frauen weg. Auf den haben alle einen Mordshass.«

»Wahrscheinlich nur die Männer«, kam die Antwort ziemlich spitz. »Ich glaube, den sollte ich mal kennenlernen.«

An diesem Abend sagte Oskar Lindt nicht mehr besonders viel.

13

Am nächsten Morgen hatte Lindt die Bemerkung seiner Frau verdrängt. Nach einem opulenten Frühstück war die Welt für ihn wieder in Ordnung. Die Aussicht auf eine weitere wilde Köstlichkeit von der Speisekarte – nachdem sie den Aufenthalt um eine Übernachtung verlängert hatten –, ließ ihm bereits am Vormittag das Wasser im Mund zusammenlaufen.

»Los, komm, zieh endlich die Wanderschuhe an«, forderte ihn Carla auf. »Jetzt will ich wirklich sehen, wo dieser Mensch wohnt.«

»Was?« Oskar war sprachlos. »Ich dachte ... Wir hatten doch gesagt ... nichts, was mit dem Dienst zu tun ...«

»Hat sich eben geändert«, sagte seine Frau kurz angebunden. »Ich nehme an, du weißt, wo wir hinmüssen.«

Halb widerstrebend, halb neugierig studierte Lindt die Wanderkarte und steuerte anschließend den alten Mercedes über die Waldsträßchen. Er stellte das Auto auf einem Wanderparkplatz ab und versuchte, sich zu orientieren. »Da geht's rüber.«

Eine gute Stunde wanderten sie durch dichte Wälder. Immer wieder kamen sie an einsam gelegenen Höfen vorbei, herrlich im herbstlichen Sonnenschein gelegen. Auf den Wiesen weideten Herden von Milchkühen das letzte frische Gras dieses Jahres ab und dann und wann trafen sie auf andere Wanderer, die zu zweit oder in kleinen Grüppchen die wunderbare Natur genossen.

Lindt machte am Waldrand halt. »Weiter gehen wir nicht. Ich traue ihm zu, dass er mich selbst aus einiger Entfernung erkennt.«

Er zeigte auf das riesige Dach des alten Hofes, der inmitten der Wiesen thronte.

Sie setzten sich auf einen Holzstamm neben dem Wanderpfad, ließen sich von der Sonne wärmen und dösten in den schönen Sonntag hinein.

Plötzlich stand der Hund vor ihnen. Vor Schreck konnten sie sich nicht mehr regen, obwohl der Deutsch-Drahthaar keine Angriffsabsichten zu haben schien. Allein seine Größe und das borstige Fell genügten, um die Lindts erstarren zu lassen.

Die bekannte Stimme ertönte von hinten: »Schon wieder!«

Oskar und Carla fuhren herum.

»Warum lassen Sie mich nicht einfach in Ruhe?«

Wie beim ersten Zusammentreffen war er völlig lautlos aus dem Wald gekommen und baute sich vor den beiden auf. Er wirkte noch größer als sonst. »Merken Sie sich: In meinem Wald gilt mein Gesetz!« Fast unhörbar pfiff er seinen Hund zu sich, ehe ihn im nächsten Augenblick das Unterholz wieder verschluckte.

Die Lindts brauchten einige Sekunden, um sich aus ihrer Schockstarre zu lösen, dann sprang Carla auf und zog ihren Mann in die Höhe. »Hast du seine Augen gesehen? Komm, weg von hier. Ganz schnell.«

Oskar kam kaum nach, so hastig eilte seine Frau auf dem schmalen Fußweg zurück zum Auto. »Uuh, ich hab immer noch eine Gänsehaut!« Sie ließ sich auf den Beifahrersitz fallen.

»Komisch, ich denk' Frauen stehen auf solche kernigen Naturburschen.«

»Diese Augen«, Carla schüttelte sich, »und dazu die lange Gestalt und der schlohweiße Bart. Den musst du nur in einen Kaftan stecken und ihm einen Turban um den Kopf wickeln, fertig ist der afghanische Freiheitskämpfer. Nein, nein, der ist mir unheimlich. Fahr endlich los, zurück in den Adler.«

Erst im warmen Wasser des ›Schwarzwald Spa‹ beruhigte sie sich langsam. »Ihr müsst echt aufpassen. Von dem geht nichts Gutes aus. Das konnte ich sehr deutlich spüren.« Nur langsam verarbeitete sie das schockierende Erlebnis vom Waldrand.

Oskar aalte sich in den Strömen des Whirlpools. »Ich kenne ihn ja von früher. Vor zehn Jahren wurde seine Frau erschossen. Es gab außer ihm keine anderen Verdächtigen, aber die Indizien reichten halt nicht aus.«

»Der hat Dreck am Stecken, ganz bestimmt. Es schaudert mich noch immer. Ich kann mir überhaupt nicht vorstellen, dass so einer der Chef eines großen Industriebetriebs sein soll.«

»Auf jeden Fall ist er mit allen Wassern gewaschen. Selbst als wir vor ein paar Tagen die Falle zuschnappen ließen und er uns zu der Tatwaffe von vor zehn Jahren führte, konnten wir ihm nichts nachweisen. Den bekamen seine Anwälte ruckzuck wieder auf freien Fuß, kaum dass wir ihn festgenommen hatten.«

»Ihr müsst eben schlauer sein als er. Nur mit den eigenen Waffen kann man so einen üblen Burschen schlagen.«

Lindt nickte. »Wir sind gerade dabei. Das Haus ist verwanzt und seine Fahrzeuge wurden mit Peilsendern versehen. Ein Glück, dass Conradi das genehmigt hat.«

Carla runzelte die Stirn. »Wenn du den zur Strecke bringen willst, musst du dich wirklich vorsehen. Versprich mir das! Bitte! Solche Kerle sind zu allem fähig und wir wollen uns doch noch öfter so ein erholsames Wochenende gönnen.«

Lindt tauchte unter. »Ich pass schon auf«, prustete er, als er wieder nach oben kam. »Aber ich will ihn und ich krieg ihn! Versprochen.«

Vom Wasser aus konnten sie nach draußen sehen und bemerkten, wie es langsam dunkel wurde. »Herrlich«, schwärmte Carla. »So schön hatten wir es lange nicht mehr.«

Nach einem kurzen Telefonat zum Privatanschluss von Paul Wellmann – »Wir hängen einen Tag dran, kannst du mich morgen vertreten?« – und einer entsprechenden Meldung an die Zentrale im Karlsruher Polizeipräsidium, gaben sich die beiden erneut den kulinarischen Genüssen des Küchenchefs hin.

»Alles aus der Region, aus dem Naturpark«, bestätigte die Serviererin. »Echt Schwarzwald eben.«

Sie schliefen traumlos und selbst, als der Montagmorgen einen Wetterumschwung mit prasselndem Herbstregen brachte, trübte das ihre gute Laune kein bisschen. Noch ein

Tag volles Verwöhnprogramm bis zum späten Nachmittag, ehe sie schweren Herzens aufbrachen.

»Siehst richtig gut aus, Oskar«, meinte Paul Wellmann am Dienstagmorgen. »Pass auf, dass die Erholung nicht gleich wieder verfliegt, wenn wir nachher die Salzmann besuchen.«

»Wann?«

»10 Uhr«, antwortete Paul. »Frau Doktor bittet zum Knochenpuzzle.«

»Was ist mit den DNA-Analysen?«, wollte Lindt wissen.

»Hat Ludwig für heute Nachmittag versprochen.«

»Na also, passt doch. Muss ja nicht gleich eine neue Leiche sein nach unserem Wäldlerwochenende.« Lindt berichtete von der Begegnung mit Eduard von Villing.

Wellmann nickte. »Deine Carla hat ein echt gutes Gespür für das, was von einem Menschen ausgeht. Ich glaube, sie liegt völlig richtig mit ihrer Einschätzung.«

»Ich war mir nicht sicher, was mich an dem Alten gestört hat, aber jetzt ist klar, es sind die Augen, schwarz wie die Nacht und unheimlich wie die dunklen Tannenwälder bei Neumond. Frauen bemerken Unterschwelliges anscheinend schneller als wir.«

Die Augen von Dr. Adelheid Salzmann waren blau, ein ziemlich helles Wasserblau. Irritiert hielt sie Oskar Lindts Blick stand. »Ist was? Sie schauen so.«

»Zum Glück nicht schwarz, Ihre Augenfarbe. Aber das ist eine andere Geschichte.«

»Welche Augenfarbe die drei hier hatten, konnte ich leider nicht mehr feststellen«, antwortete die Rechtsmedizinerin und hob die weißen Leintücher von drei nebeneinander aufgereihten, transportablen Edelstahltischen. Auf jedem lag ein vollständiges Skelett, alle Knochen in ihrer richtigen Position, allein die Farbe störte.

»Nageln Sie mich nicht auf ein Jahr fest«, sagte die Ärztin. »Wenn ich mit dem hochrechne, was in der Literatur über die Verwesung eingegrabener Leichen und deren nachfolgende Verfärbung der Gebeine steht, gehe ich davon aus, dass diese Personen mehr als 40 Jahre im Gülleschlick gelegen haben.«

»Zeit genug, sich solch eine gesunde Bräune zuzulegen«, meinte Lindt.

»Und das vollkommen ohne Sonnenbank«, konterte Adelheid Salzmann. »Außer den Knochen war überhaupt nichts mehr zu finden. Keine Haare, keine Kleidungsstücke, nichts.«

»Ist Jauche wirklich so aggressiv?«

»Ganz sicher nicht scharf genug, um Metall aufzulösen. Wissen Sie, was ich damit sagen will?«

»Da hat jemand schon vor über 40 Jahren daran gedacht, wie er uns heute das Leben schwer machen kann.«

»Und alle drei Leichen unbekleidet in die Grube geworfen«, führte Dr. Salzmann den Gedanken weiter. »Weder Gürtelschnallen noch Reißverschlüsse oder Hosennieten – einfach gar nichts, was außer den Knochen in den Sieben hängen geblieben wäre.«

»Das Alter der Gebeine konnten Sie aber sicherlich bestimmen?«, fragte Paul Wellmann vorsichtig nach.

»Ich habe Knochenteile hauchdünn geschliffen, poliert und unter dem Mikroskop untersucht. Eine Heidenarbeit übrigens. Es geht auf zehn Jahre genau, exakter kann ich mich nicht festlegen. Alle Personen waren zwischen 20 und 30 Jahre alt.«

»Und weiblich«, behauptete Lindt.

»Treffer!«, bestätigte die Ärztin. »Wie kommen Sie darauf?«

»Bis zum Beweis des Gegenteils behaupte ich einfach mal, dass der damalige Bewohner dieses Anwesens die Frauen entsorgt hat, die ihm entweder lästig oder gefährlich geworden sind.«

»Du willst sagen, jetzt fängt für uns die Fitzelarbeit an«, dachte Paul Wellmann laut nach.

»Genau. Wer in den 60er-Jahren dort wohnte, das wissen wir. Welche Frauen in diesem Zeitraum vermisst gemeldet und nie wieder aufgetaucht sind, lässt sich ermitteln. Und mit etwas Glück finden sich noch deren Angehörige, die Hinweise auf Verbindungen zu Eduard von Villing geben können. Jede Wette, dass er schon früher der Meinung war: In meinem Haus gilt mein Gesetz.«

»Die Todesursache war leider nicht mehr zu bestimmen«, bedauerte Adelheid Salzmann. »Knochenbrüche konnte ich jedenfalls nirgends finden.«

»Ein Kopfschuss, so wie bei seiner Frau, scheidet also aus. Erwürgen, erdrosseln und erhängen wären jedoch durchaus möglich.«

Die Rechtsmedizinerin mit dem kurz geschnittenen grauen Haarschopf nickte. »Genauso wie erstechen, ersticken, ertränken, vergiften oder was es da sonst noch Nettes gibt.«

Lindt strahlte. »Die einfachen Ermittlungen sind doch langweilig. Jetzt will ich's wirklich wissen. Komm, Paul, Volldampf!«

Um diese umfangreichen Recherchen in alten Akten durchzuführen, wurde Lindts Team um sieben Beamte aus anderen Bereichen der Karlsruher Kriminalpolizei aufgestockt.

Mitten in die erste Lagebesprechung platzte KTU-Chef Ludwig Willms. »Oskar, halt dich fest.« Er trat auf den Chefermittler zu und kniff ihm blitzschnell oberhalb des Hosenbundes ins Fleisch. »Dein Bauchgefühl! Schon wieder! Exakt ins Schwarze getroffen.«

Lindt blieb gelassen. »Na also, ich hab's mir doch gedacht.«

Die übrigen Mitglieder der Kommission verstanden nur Bahnhof. Sie waren nicht in Lindts Theorien eingeweiht und mussten erst aufgeklärt werden.

»Gerade habe ich die DNA-Analyse vom LKA bekommen«, sagte Willms. »Wir konnten Speichelreste sichern, und zwar an einem Glas, aus dem Eduard von Villing während der Vernehmung letzte Woche getrunken hat.«

»Genau deshalb hab ich ihm ja das Wasser bringen lassen«, lehnte sich der Kommissar zurück. »Ich hätte ihn eigentlich für schlauer gehalten. – Sein Sohn hat sich geweigert, als wir ihm im Knast mit einem Wattestäbchen in die Mundhöhle wollten. Deshalb«, er zeigte auf Jan Sternberg, »hat unser junger Kollege sofort reagiert …«

»… in seiner Zelle ein paar Haare aufgesammelt und den benutzten Trinkbecher ausgetauscht – voilà!«

»Prima, Jan«, lobte Hauptkommissar Lindt, »denn jetzt wissen wir, dass … Ludwig, dein Auftritt!«

»… die DNA von Eduard und Konstantin von Villing keinerlei Ähnlichkeiten miteinander haben!«

»Auf gut Deutsch«, legte Lindt nach, »der Alte ist nicht der Vater des Jungen.«

»Ich fass es nicht«, lachte Paul Wellmann. »Ein Kuckuckskind! Und das ausgerechnet diesem notorischen Schürzenjäger.« Er klatschte in die Hände. »Applaus, das freut mich wirklich!«

»Wenn er das rausgefunden hat«, Oskar stieß eine dicke Wolke aus seiner obligatorischen Pfeife, »hätten wir ein absolut perfektes Motiv, wieso er vor zehn Jahren seine Frau ins Jenseits befördert hat.«

»Und wie wollen wir es anstellen, ihm das nachzuweisen?«

Lindt tippte sich mit dem Mundstück seiner Pfeife an die Stirn. »Dazu, lieber Paul, müssen wir auch da oben auf Volldampf schalten.«

»Genug Rauch kommt ja bereits aus unserer Dampflok!« Ludwig Willms, den Lindt schon öfter als ›militanten Nichtraucher‹ bezeichnet hatte, riss demonstrativ die beiden Fenster des Besprechungsraumes sperrangelweit auf.

Es dauerte bis zum Nachmittag des Mittwochs. Fieberhaft wälzten die Beamten der Sonderkommission Vermisstenakten aus den 60er-Jahren. ›Weiblich, 20 – 30 Jahre alt, Karlsruhe und 50 Kilometer Umkreis‹, lauteten die Vorgaben des Chefermittlers.

Gegen 14 Uhr waren insgesamt 54 Namen an die Korkwand des Besprechungsraumes gepinnt. Bei den meisten dieser vermisst gemeldeten Frauen konnten über die Einwohnermeldeämter sogar Verwandte ausgemacht werden. Meistens waren es Geschwister, in sieben Fällen gelang es, Cousins oder Cousinen zu ermitteln.

Bis in den späten Abend hinein waren die Beamten unterwegs, um von Adresse zu Adresse zu fahren. Die meisten Befragten hatten nur mehr wenige Erinnerung an die Geschehnisse der 60er-Jahre. Vor allem die Männer litten unter Gedächtnislücken. Bei manchen Frauen dagegen war es anders. Einige konnten sich noch sehr genau erinnern, welche Freunde ihre damals spurlos verschwundene Schwester oder Cousine gehabt hatte. Direkte Hinweise auf eine Verbindung zu Eduard von Villing wollten sich allerdings nicht einstellen.

Gegen 19.30 Uhr meldeten zwei Ermittlungsteams endlich vage Spuren. Die Schwester der im pfälzischen Landau vermissten Angelika Dörfel war sich sicher, von einem schlanken, hochgewachsenen und echt reichen Mann zu wissen, der irgendwo in Karlsruhe gewohnt hatte. Zu Gesicht bekommen habe sie ihn allerdings nie. Außerdem dauerte die Liaison bis zum spurlosen Verschwinden der Angelika gerade mal sechs Wochen.

Auch zwei Kripobeamte, die im Kraichgau unterwegs waren, konnten einen Erfolg melden. »Vier Wochen, bevor sie damals auf Nimmerwiedersehen entschwunden ist«, gab eine Bäckersfrau aus Oberderdingen zu Protokoll, »hat mir die Marianne mal anvertraut, sie hätt' einen echt tollen Mann kennengelernt. Von seinen dunklen Augen war sie hin und weg. Und mords die Kohle muss der gehabt haben. Aber er war mit einer anderen zusammen. Keine Ahnung, ob sie wirklich was mit ihm gehabt hat, denn wenig später war sie weg.«

»Unbedingt Bilder mitbringen, wenn ihr irgendeine Spur habt«, war die Anweisung gewesen, und so hingen am Abend die vergilbten Fotos von Marianne Buchmüller und Angelika Dörfel an der Korkwand im Konferenzraum des Polizeipräsidiums.

»Schwach, leider«, beurteilte Oskar Lindt die Beweiskraft der Bilder. Allerdings hatten die Kollegen auch ihre Wattestäbchen ausgepackt und die leiblichen Verwandten um DNA-Proben gebeten.

Frau Dr. Salzmann wiederum war es gelungen, bei allen Skeletten halbwegs brauchbare Reste von Knochenmark zu entnehmen, und so gingen die Beweismittel noch in derselben Nacht per Kurier ins LKA.

Am nächsten Morgen brach plötzlich Hektik aus. Nicht etwa, dass sich die Fahrzeuge von Eduard von Villing bewegt oder dass die Abhörmikrofone verdächtige Telefonate gefunkt hätten. Nein, der Alte war ortsfest in seiner Einöde. Ab und zu zeigten sich Bewegungen seines alten Jeeps, aber alles nur im Waldbereich des Hofes, und häufig war er wohl zu Fuß unterwegs.

Wenn er telefonierte, dann nur mit der Geschäftsleitung

des Stahlwerks, um jemanden für suboptimale betriebswirtschaftliche Kennzahlen in den Senkel zu stellen.

Der Wirbel ging von Rastatt aus. Gegen halb elf ein Notruf über 110. Eine schwer verständliche Stimme rief: »Kommen Sie, schnell!« Die sofort durchgeführte Rückwärtssuche nach der Nummer im digitalen Telefonbuch ergab einen polizeibekannten Anschluss im Industriegebiet. Die Streifenwagenbesatzung, die als Erste eingetroffen war, forderte umgehend Notarzt und Rettungsdienst an. »Schwere Kopfverletzungen!«

Das Gesicht von Trödel-Willi glich einer breiigen dunkelroten Fleischmasse, an seinem Hinterkopf klaffte eine handtellergroße Platzwunde. Der Mann war in tiefe Bewusstlosigkeit versunken und sein Schuppen total verwüstet, alles kurz und klein geschlagen. ›Christoph 43‹ flog bereits ab in Richtung der Neurochirurgie des Karlsruher Städtischen Klinikums, als die Beamten der Rastatter Kriminalpolizei am Tatort eintrafen. Die gesamten Aktenordner aus dem Regal hinter dem Verkaufstresen waren verstreut, die darin versteckte Überwachungskamera hatte Totalschaden, doch der Chip mit der Aufzeichnung konnte geborgen werden, äußerlich zumindest unbeschädigt.

»Dass er es überhaupt zum Telefon geschafft hat«, wunderten sich die Polizisten und auch Oskar Lindt, der zusammen mit Jan Sternberg sofort losgefahren war, blickte schockiert auf das Bild der Zerstörung, das sich ihm bot.

Die örtliche Kriminaltechnik machte bereits Versuche, den Speicherchip mittels Card Reader und Laptop auszulesen, was schließlich gelang. Auf dem Monitor ließen sich die erschreckenden Vorkommnisse in gestochener Schärfe betrachten.

Zwei Männer waren an diesem Morgen die ersten Kunden des Trödlers gewesen. Einer schlank, mit feinem Lederblouson und schmalem Oberlippenbärtchen, der andere ein wahrer Kleiderschrank mit Stoppelfrisur, Muskelshirt, vernarbtem Gesicht und riesigem Brustkasten.

»Der Mann fürs Grobe«, konstatierte Jan Sternberg sofort.

Erst schien es, als würde sich der Elegante ganz nett mit Willi unterhalten, bis sichtlich Bewegung in die Szenerie kam. Es folgte eine schnelle Kopfbewegung des Bärtchenträgers, danach streifte sich die mitgebrachte Kampfmaschine in Zeitlupentempo schwarze Lederhandschuhe über und griff an.

Am Anfang zertrümmerte er nur einen Stuhl, indem er ihn auf die Platte eines Esstisches schlug. Nachdem das bei Willi offensichtlich nicht den gewünschten Effekt hatte und er versuchte, zu fliehen, flog eine schwere Tonvase durch die Luft, die gegen den Hinterkopf des Trödlers prallte und ihn sofort zu Boden gehen ließ. Jetzt kannte der anabolikageblähte Riese kein Halten mehr. Alles, was ihm vom Warenbestand in die Hände kam, verwandelte sich in Sekundenschnelle in Einzelteile. Sofort, als Willi sich aufrappeln wollte, knallte eine hammerartige Faust gegen seinen Kopf. Gezielte Stiefeltritte zermatschten sein Gesicht.

Die Kripobeamten starrten entsetzt auf den Bildschirm und Oskar Lindt ertappte sich dabei, einige Male den Blick abzuwenden. Ein gewaltiger Tritt traf Trödel-Willi in den Unterleib, der geschundene Körper bäumte sich unter Schmerzen auf. Plötzlich erschien die brutale Visage des Schlägers direkt vor der im Ordner versteckten Kamera. Augenblicklich brach die Aufzeichnung ab.

»Jetzt hat er das Regal leer gefegt«, kommentierte Jan Sternberg.

»Danke«, Lindt schüttelte sich, »wir haben genug gesehen. Ihr wisst ja, was zu tun ist«, wandte er sich an seine Rastatter Kollegen.

»Die Bilder gehen sofort raus und falls wir Fingerabdrücke dieses Terminators finden, hört Ihr umgehend von uns«, kam die Antwort.

Lindt nickte. »Vielleicht hat er irgendetwas angefasst, bevor er in seine Handschuhe geschlüpft ist. Ach, und fragt auch in der Gegend rum, ob jemandem ein Wagen aufgefallen ist. Ich tippe auf Frankreich.«

Der Schläger war bereits ermittelt, bevor Lindt und Wellmann ins Karlsruher Präsidium zurückgekehrt waren. »Straßburg, Rotlichtszene«, kam aus dem Lautsprecher der Freisprecheinrichtung. »Die französischen Kollegen kommen immer gleich mit einem Mannschaftswagen, wenn sie den mal wieder hopsnehmen wollen.«

»Der andere?«

»Bisher kein Treffer, aber alle legen sich ins Zeug, hüben wie drüben vom Rhein.«

Lindt entschied sich kurzfristig, Jan Sternberg abzusetzen und anschließend zum Klinikum zu fahren. Die Auskunft, die er erhielt, war niederschmetternd: »Wird gerade in den OP gebracht. Im Kernspint zeigte sich eine stetig anschwellende subdurale Blutung. Wir müssen unbedingt eine Entlastungsbohrung setzen, sonst gibt es irreparable Hirnschäden. Um den Rest können wir uns erst kümmern, wenn er einigermaßen stabil ist.«

»Was verstehen Sie unter ›dem Rest‹?«, fragte der Kommissar zögernd.

Der Arzt hielt eine Röntgenaufnahme vor den Lichtkasten und zeigte mit seinem Kugelschreiber darauf. Selbst ein medizinischer Laie wie Oskar Lindt konnte erkennen, dass sich einige Knochenteile nicht annähernd dort befanden, wo sie hätten sein sollen.

»Der Gesichtsschädel ist Matsch. Falls er die Blutung im Schädel überlebt und sein Augenlicht behält, braucht er etliche Operationen in der plastischen Chirurgie, um wieder halbwegs wie ein Mensch auszusehen.«

Lindt hatte genug gehört. »Nach der Vernehmungsfähigkeit brauche ich also gar nicht erst zu fragen«, meinte er.

»Witzbold.« Der Arzt ließ ihn stehen.

14

»Au Mann«, grämte sich der Kommissar, »dass es so schlimm für ihn ausgeht. Der wusste wohl echt nicht, mit wem er sich da eingelassen hat.«

Paul Wellmann schaute vom Schreibtisch hoch. »Machst du dir Vorwürfe?«

Lindt nickte. »Eigentlich wollten wir ja nur die Bilder. Aber wenn die beiden zum Kassieren kamen und keinen müden Euro abgreifen konnten … Es scheint auch in kleinkriminellen Kreisen immer härter zur Sache zu gehen.«

»Kommt ihr mit?«, fragte er dann. »Ich muss mich ablenken.«

»Gute Idee«, antwortete Jan Sternberg. »Mein Magen knurrt schon seit Rastatt.«

»Stehtischkonferenz mit Fleischkäse?«

Allgemeine Zustimmung.

Die heiße Theke einer nahegelegenen Metzgereifiliale bot reichhaltige Auswahl. »Dreimal mit Senf«, bestellte Lindt und spendierte eine Runde Halbliterflaschen Apfelschorle.

Sie hatten kaum zweimal abgebissen, da klingelte Lindts Handy.

Die Zentrale meldete zwei Festnahmen in Frankreich. Für den Schläger waren sechs Mann nötig gewesen, der elegante Typ dagegen, ein Antiquitätenhändler aus Soufflenheim, war ohne Widerstand mitgekommen. »Auch der ist kein unbeschriebenes Blatt«, tönte es aus dem Mobiltelefon. »Zwei Betrugsverfahren stehen auf seinem Sünderkärtchen, allerdings ohne Verurteilung.«

»Wann können wir zur Vernehmung kommen?«, wollte Lindt wissen.

»Jederzeit, Straßburg wartet. Der schwarze Kastenwagen, Mercedes Sprinter, wurde übrigens bei ihm gefunden.«

»Wer hat Lust?« Der Kommissar sah seine Kollegen erwartungsvoll an.

»Dann können wir das Wort Feierabend für heute mal wieder vergessen«, murrte Paul Wellmann.

»Hast noch was vor?«

»Nicht direkt, wenn ich mir allerdings die langen Gesichter zu Hause vorstelle …«

»Jan, was ist mit dir?«

Sternberg war ebenfalls wenig begeistert, rang sich jedoch zu einem »Na gut« durch. »Ich hoffe, Chef, Sie berücksichtigen das bei der nächsten Beurteilung.«

Als sie hinter Kehl auf der Europabrücke den Rhein überquerten, war es bereits 16 Uhr. Ein Capitaine der Police Judiciaire erwartete sie in der Straßburger Polizeizentrale und begleitete die deutschen Kriminalbeamten in den Vernehmungsraum.

Der Bärtchenträger, der tatsächlich Hambacher hieß, wie Trödel-Willi behauptet hatte, Jean Hambacher, machte einen schmierig-freundlichen Eindruck und war zuerst recht gesprächig. Rein geschäftlich wäre er in Rastatt gewesen.

Ohne Vorwarnung hätte ein ihm unbekannter Mann begonnen, wie wahnsinnig zu randalieren.

»Jan, die Aufzeichnung.« Sternberg startete das Notebook.

Das Video aus der Überwachungskamera belehrte Hambacher eines Besseren. Der Moment, als er das eindeutige Zeichen zum Angriff gab, brauchte keinen weiteren Kommentar. Daraufhin wurde er sehr einsilbig.

Intuitiv ging Lindt jetzt in die Vollen: »Seit wann hatten Sie Geschäftsbeziehungen zu Irene Stoll?«

Wie vom Blitz getroffen zuckte der Bärtchenträger zusammen.

Voll ins Schwarze, da war sich der Kommissar sicher.

Der Festgenommene überlegte einen Moment und verkündete, ab sofort zu schweigen. »Kein Wort mehr ohne meinen Anwalt.«

»Macht nichts, die Nachbarn werden Sie ohnehin erkennen.« Jan Sternberg hielt bereits das vom Erkennungsdienst gefertigte Foto in der Hand. »Irene Stoll ist tot und wir gehen davon aus, dass sie ermordet wurde. Wo haben Sie sie gefunden?«

Jean Hambacher schwieg hartnäckig.

Lindt erhob sich. »Kein Problem. Wir werden Ihren gesamten Laden auseinandernehmen und ich bin mir absolut sicher, irgendwo finden sich DNA-Spuren von Irene Stoll. Das dürfte für eine lange Untersuchungshaft reichen. Sie haben die Wahl, ob Sie mit uns kooperieren wollen oder nicht.«

Blanke Wut stand in Hambachers Augen, aber er schüttelte den Kopf. »Non!«

Die Kripobeamten gingen zur Tür. Lindt drehte sich noch einmal um. »Oui? Ihre letzte Chance!«

Mit hasserfülltem Blick würgte der Elsässer ein »Oui!« hervor.

»Na also!« Lindt und Sternberg nahmen wieder am Tisch mit der einfachen hellgrauen Resopalplatte Platz. »Wir hören.« Lindt schaltete das Diktiergerät erneut an und lehnte sich erwartungsvoll zurück.

»Sie wissen ja, ich handle mit Möbeln, mit alten Möbeln, manche nennen sie Antiquitäten. Seit über zehn Jahren belieferte mich Irene.«

»Oft?«

»Ach was, alle paar Monate zwei, drei Teile. Wenn sie irgendwo eine alte Truhe oder einen Bauernschrank aufgetrieben hatte, brauchte sie ewig, um diese Stücke zu restaurieren. Allerdings arbeitete sie auch 150-prozentig. Einfach perfekt.«

»Was machte sie genau?«

»Es war ihr ein Hochgenuss, schadhafte Teile so auszubessern, sodass selbst ein Fachmann größte Mühe hatte, zu erkennen, was nachgebaut und was wirklich alt war. Dabei arbeitete sie viel genauer als ein gewöhnlicher Schreiner. Zehntelmillimeter war für sie kein Fremdwort. Richtiges Kunsthandwerk eben. Meine Kundschaft honorierte das immer.«

»Ich dachte, die falschen Wurmlöcher erzeugt man mit der Schrotflinte«, meinte Jan Sternberg, sagen zu müssen. Er erntete nur einen abfälligen Blick.

»Ja, es stimmt, Irene hat auch ganze Möbelstücke aus neuem Holz gebaut, aber dann mit Öl, Wachs und noch so ein paar Geheimnissen eine unvergleichliche Patina erzielt. Sie war echt genial. Mit Schrotschüssen hat sie jedenfalls nicht gearbeitet.«

»Konnte sie davon leben?«

»Ach was«, lachte Jean Hambacher, der jetzt ein wenig gelöster wirkte.

Lindt registrierte das und war sich sicher, nicht mehr belogen zu werden, zumindest nicht im Moment.

»Wo denken Sie denn hin?«, fuhr der Elsässer fort. »Irene bekam monatliche Zahlungen aus dem Stahlwerk. Dafür hatten bereits ihre Eltern gesorgt. Sie hätte niemals arbeiten müssen, doch die Beschäftigung mit Holz tat ihr gut und es bereitete ihr höchste Zufriedenheit, maximale Perfektion zu erreichen.«

»Kannten Sie sie gut?«

»Wie meinen Sie das?«, stutzte Hambacher. »Wollen Sie wissen, ob wir mehr als nur Geschäftspartner waren?«

»Soweit wir feststellen konnten, lebte sie alleine.«

»Irene hat ihren Mann vor fast 20 Jahren verloren. Ob sie das besonders bedauert hat, weiß ich nicht, denn viel Gutes hat sie nie über ihn erzählt. Wenn ich richtig weiß, war es ein Stromunfall beim Rasenmähen, blank gescheuertes Kabel oder so. Der klebte richtig an der Maschine fest und wurde quasi gebraten.«

»Das hat sie Ihnen erzählt?«, wunderte sich Oskar Lindt.

»Eigentlich war sie nicht sehr gesprächig, aber wenn ich kam, tranken wir immer ein, zwei Fläschchen Edelzwicker miteinander – dann wurde sie zutraulicher«, zwinkerte Hambacher und knetete seine langen schlanken Finger durch.

»Zutraulicher?«

»Ja, was soll ich lange drum herumreden, Sie vermuten es ja doch. Es blieb nicht nur beim Wein. Sie hatte eben auch ihre Bedürfnisse.«

»Hat es Sie genervt, als plötzlich Irenes Neffe aufgetaucht ist?«

»Sie hat dafür gesorgt, dass wir nicht gestört wurden. Ich habe ihn kaum zu Gesicht bekommen. Wenn ich ehrlich bin, er war mir nicht besonders sympathisch. Echter Loser, hat alles bekommen und alles verdummt!«

»Kennen Sie Irenes Bruder?«

»Den Eduard? Nur einmal gesehen. Sein Blick – zum Fürchten. Den mochte ich überhaupt nicht, aber sie hing irgendwie auf eine besondere Art an ihm. Deswegen war sie öfter da oben im Schwarzwald.«

Lindt überlegte, ob er weiter nachbohren sollte, ließ es jedoch sein. Stattdessen ging er auf Frontalangriff: »Wieso haben Sie Irene Stoll erdrosselt?«

Hambacher sprang von seinem Stuhl in die Höhe und schrie auf: »Was? Ich? Nein, das lass ich mir nicht anhängen! Auf gar keinen Fall! Niemals!«

»Im Affekt, oder waren Sie betrunken?«

»Nein, überhaupt nicht. Ich habe nichts damit zu tun. Ich hab sie nur …«

»Ja, reden Sie!«, befahl der Kommissar.

Jean Hambacher ließ sich auf den Stuhl zurückfallen. »Sie hing im Schrank.«

»Wo? Machen Sie Witze?«

»Nein, wirklich. Ich bin ja selbst zu Tode erschrocken.

Ausgerechnet in diesem teuren Stück. Barock, bestimmt 20.000 wert.«

»Echt?«

»Absolut echt, nichts Nachgemachtes. Garantiert. Steht in meiner Ausstellung, falls Sie ihn sich ansehen wollen.«

»Worauf Sie sich verlassen können«, brummte der Kommissar.

»Aber es ist mir immer noch ein Rätsel, wie man sich in einem Schrank …«

»Wegen der Höhe?«, fragte Lindt. »Da kann ich Sie beruhigen. Es geht. Selbst an Türgriffen haben sich schon Menschen stranguliert. Einfach lange genug hängen lassen.«

Der Elsässer schüttelte sich vor Entsetzen. »Ich kann mir überhaupt nicht vorstellen, wieso sie das hätte tun sollen.«

»Wie hat Irene Stoll auf Sie gewirkt? War sie denn zufrieden mit ihrem Leben?«

Jean Hambacher wurde nachdenklich. »Wer kennt einen anderen Menschen schon wirklich? Selbst wenn man täglich mit jemandem zusammen ist, weiß man nicht alles über ihn.«

»Sie sind verheiratet?«

Hambacher nickte. »Jetzt denken Sie bestimmt schlecht von mir?«

»Seien Sie unbesorgt, uns ist nichts Menschliches fremd.« Lindt prüfte während des Gesprächs permanent den Blick seines Gegenübers und er hatte weiterhin den Eindruck, nicht angelogen worden zu sein. »Wieso haben Sie denn nicht die Polizei geholt?«

Die Antwort kam sehr verzögert.

»Am besten, Sie bleiben so ehrlich wie bisher«, ermunterte ihn der Kommissar.

»Ja, also. Ich hab's mir natürlich überlegt. Aber dann … der Schrank … den hätte ich nie … und auch die anderen Stücke, die sie noch da hatte …«

»Nur deswegen?«

»Ich wollte ja nicht leer nach Hause fahren.«

»Sondern ein letztes gutes Geschäft machen?« Lindt schaute ihm geradewegs in die Augen. »Die Gefahr, erwischt zu werden, haben Sie dann auf einen anderen verlagert.«

Hambacher druckste herum.

»Ich werde es Ihnen sagen«, polterte der Kommissar. »Sie wollten auch noch das Geld für die Maschinen kassieren und haben diesem Trödler aus Rastatt deshalb den Auftrag gegeben. Haushaltsauflösung, alles komplett raus.«

»Ich … ich … ich kannte den nicht persönlich, aber man hört ja so Verschiedenes.«

»Einer, der selbst genug auf dem Kerbholz hat, wird sicherlich schweigen«, vervollständigte Oskar Lindt.

Sein Gegenüber nickte nur.

»Bitte laut«, forderte ihn der Kommissar auf und zeigte auf das kleine Aufnahmegerät.

»Ja, so war es«, antwortete der Antiquitätenhändler schuldbewusst.

Lindt sprang auf. »Sie haben die Frau da reingehängt!«

Hambacher erstarrte vor Schreck. »I… i… ich?«, stammelte er. »Wieso, ich dachte …?«

»Es ist überhaupt nicht sicher, ob sich Irene Stoll selbst getötet hat.«

»Ooh …«

»Und jetzt die ganze Wahrheit. Was haben Sie mit der Frau gemacht?«

»Abgeschnitten, was sonst. Und dann? Hätte ich sie einfach so da liegen lassen sollen? Irgendwie musste ich sie doch …«

»Entsorgen?«

»Kein schönes Wort, aber … also … irgendwie schon.«

»Und, weiter? Sie hätten die Tote auch mitnehmen können und unterwegs …«

»In meinem Wagen? Nein, keinesfalls. Da fiel mir eben die Grube ein.«

»Welche Grube?« Kaum, dass er sie ausgesprochen hatte, bereute Lindt diese Frage.

Hambacher reagierte entsprechend: »Tun Sie doch nicht so blöd! Wenn Sie Irene gefunden haben, wissen Sie, wovon ich spreche. Sie brauchen mich nicht für dumm verkaufen.«

»Schon gut. War so ein Reflex. Woher wussten Sie von diesem Loch?«

»Bei Regen habe ich mal gesehen, wie dort das Wasser zwischen den Platten versickert ist. Da habe ich Irene gefragt.«

»Und sie hat Ihnen von dieser Jauchegrube erzählt?«

»Zisterne, hat sie gesagt. Regenwasser sammeln. Der Gestank ist erst hochgekommen, als ich sie hineingeworfen hatte.«

Der Kommissar atmete tief durch und schaute zum Capitaine der Police Judiciaire. »Die Kollegen werden Ihren Laden, das Lager und den Transporter genauestens unter die Lupe nehmen. Bis die Ergebnisse ausgewertet sind, müssen Sie hier in Gewahrsam bleiben. Was weiter mit Ihnen geschieht, wird sich zeigen. Ohne Strafe werden Sie sicher nicht davonkommen. Diebstahl in Karlsruhe, schwere Körperverletzung in Rastatt.«

»Moment«, fiel ihm Hambacher ins Wort. »Ich habe diesen Trödler nicht angerührt.«

»Aber den Auftrag dazu gegeben und Ihren Gorilla von der Leine gelassen. Ich hoffe für Sie, dass der Willi das überlebt. Im Moment versucht man gerade, sein gequetschtes Gehirn zu retten.«

Die Heimfahrt verlief ohne große Unterhaltung. Lindt und Sternberg hingen ihren Gedanken nach.

»Wir wühlen wieder im Müll anderer Leute«, brach es schließlich aus Jan heraus.

»Nicht besonders angenehm, oder?«, wollte sein Chef wissen.

»Nein, ziemlich scheußlich, aber ohne die Zusammenhänge zu kennen, kommen wir schließlich nicht weiter.«

»Sind wir denn wirklich weitergekommen? Wir haben nach wie vor keinen blassen Dunst, ob überhaupt jemand die Irene Stoll auf dem Gewissen hat.«

»Einer behauptet das ja zumindest …«

»Und? Glaubst du ihm? Diese Aussage lässt vieles offen.«

»Ich sehe noch kein Motiv, warum er seine Tante hätte umbringen sollen.«

»Vielleicht sollten wir uns darauf konzentrieren«, meinte Lindt. »Die Frage nach dem Motiv ist immer der zentrale Punkt einer Ermittlung.«

»Haben Sie denn schon eine Theorie?«

Der Kommissar schüttelte den Kopf. »Wir stochern im Nebel, mit einer Stange im kalten feuchten Herbstnebel.«

Und wie so oft wurde es sehr spät, bis Kriminalhauptkommissar Oskar Lindt an diesem Donnerstagabend zu Hause bei Carla in der Waldstadt eintraf.

»Eigentlich ist ja heute der letzte Arbeitstag in dieser Woche«, begann Lindt am nächsten Morgen in der Kommissionsbesprechung seine Zusammenfassung der Ereignisse des vergangenen Tages.

»Eigentlich?«, fragte Paul Wellmann mit einem kritischen Stirnrunzeln. »Was meinst du damit? Willst du uns auf eine Wochenendschicht vorbereiten?«

»Falls es erforderlich wird ...«

Allgemeines Stöhnen breitete sich im Raum aus.

»Wir haben doch gar nichts, was anbrennen würde«, maulte Wellmann.

Lindt tippte auf einen Aktendeckel. »Immerhin konnte durch die Vergleichsanalysen nachgewiesen werden, dass zwei der Skelette tatsächlich von den vermissten Frauen stammten. Die Vergleichs-DNA der Verwandten ist eindeutig. 92,5 Prozent Wahrscheinlichkeit schreibt das LKA.«

»Sag bloß, du willst dem Alten damit kommen. Der lässt dich glatt auflaufen und streitet alles ab. Den Namen Eduard von Villing hat ja weder die Schwester von Angelika Dörfel noch diese Bäckersfrau aus Oberderdingen genannt.«

»Ich hätte aber echt Lust, auf den Busch zu klopfen«, überlegte Lindt.

Paul Wellmann schüttelte nachdenklich den Kopf. »Willst du ihn mit seinem Kuckuckskind konfrontieren? Das würde ich im Moment lieber lassen. Für mich ist der unberechenbar.«

»Also, Jan. Dann werden eben wir beide losziehen.«

Sternberg war nicht so recht begeistert. »Es war doch gestern schon so spät.«

»Bei mir auch«, antwortete der Kommissar kurz angebunden. »Was sagt denn die GPS-Ortung? Ist er oben auf seinem Hof?«

»Heute hat sich noch kein Fahrzeug bewegt.« Jan hatte das bereits überprüft.

»Also, bist du dabei? Je schneller wir wegfahren, umso eher sind wir zurück.«

Oskar Lindt sollte sich gründlich täuschen.

15

Zwei Stunden hin, zwei Stunden zurück rechnete Jan Sternberg lautlos, während sein Chef mit traumwandlerischer Sicherheit den ausladenden dunkelroten Citroën durch das Murgtal in den Schwarzwald hineinsteuerte.

Es war bereits kurz vor der Mittagszeit, als sie ihr Ziel erreichten. Das einspurige Teersträßchen, die einzige PKW-fähige Hofzufahrt, wie Lindt festgestellt hatte, war durch die Regenfälle der vergangenen Tage noch rutschiger geworden und zwang zu langsamer und vorsichtiger Fahrt.

Dieses Mal hielt er nicht am Waldrand an, sondern fuhr, dank offener Schranke, direkt bis zu dem dunklen Schwarzwaldhaus. Kräftige Böen jagten über die Hochebene und wirbelten die letzten Blätter von den Bäumen. Als die Kripobeamten ausstiegen, mischten sich bereits erste Regentropfen in den heulenden Wind.

Schnell schlossen sie ihre Jacken, mussten aber feststellen, dass sie entsprechend den Rheintaltemperaturen gekleidet und damit für die Hochlagen eindeutig zu leicht angezogen waren.

Merkwürdig, kein Hundegebell ertönte. Eigentlich hatte Lindt erwartet, dass der Hausherr ihr Kommen bemerken und sie vor dem Haus erwarten würde. Bisher war er jedenfalls immer plötzlich von irgendwoher aufgetaucht.

Vergeblich suchten sie eine Türklingel. Auf Klopfen und Rufen erfolgte ebenfalls keine Reaktion.

»Ich frag mal bei Paul an, ob der Alte weggefahren ist«, erbot sich Jan.

»Eigentlich wollte er den Monitor im Auge behalten und uns in einem solchen Fall gleich Bescheid sagen.«

Sternberg versuchte es dennoch, steckte das Handy aber resigniert wieder ein. »Kein Netz! Pech.«

Sie gingen um das Gebäude herum – niemand zu sehen. Der Hundezwinger war leer.

Sie wollten sich den großen Schuppen näher ansehen, der in einigem Abstand zum Hauptgebäude stand, doch die Schiebetore waren mit dicken Vorhängeschlössern gesichert. Durch einen schmalen Spalt konnten sie hineinlinsen und erkannten, als sich die Augen an das darin herrschende Dämmerlicht gewöhnt hatten, neben einem riesigen Berg Brennholzscheiten den Unimog mit angebautem Schneepflug und daneben den Jahrzehnte alten offenen Jeep.

»Wie sind die Offenburger damals eigentlich hier reingekommen, um die Ortungssender anzubringen?«, überlegte Sternberg. »Diese dicken Schlösser können sie ja nicht mit dem Bolzenschneider geknackt haben.«

»Werden schon ihre Methoden haben, so wie Ludwig auch«, antwortete Lindt und schlang sich die Arme um den Leib. Der Wind ging durch und durch.

»Wo parkt der wohl seinen dicken Range Rover?«, fragte sich der Kommissar, denn von einer weiteren Unterstellmöglichkeit war nichts zu sehen.

»Ich wette«, sagte Lindt, als sie zur Rückseite des Hofes kamen, »der steht dort drin.« Er zeigte auf die Hocheinfahrt, die von der Bergseite her als direkte Zufahrt auf den Heuboden angelegt war.

Sternberg ging ein paar Schritte zurück, peilte aufgrund der Fensterreihe die Lage der Wohnräume und meinte: »Der kann auf der Zimmerdecke seiner Wohnstube herumfahren.«

»So war das früher«, überlegte Lindt. »Das Heu oben unterm Dach, die Rindviecher unten im Stall und dazwischen die Wohnräume.«

»Also Wärmedämmung von oben und tierische Heizung von unten.« Jan Sternberg, momentan aktiver Hausrenovierer, begriff die Energiespartechnik der alten Höfe. »Alles unter einem Dach – genial.«

»Außer, wenn's brennt, Jan. Dann ist gleich alles futsch.« Der Kommissar klopfte gegen die trockenen dunklen Holzbalken. »Wenn da der Blitz einschlägt oder der Heustock heiß wird, geht die Hütte hoch wie Zunder.«

Wie aus dem Nichts stand der riesige Drahthaarrüde vor ihnen. Er gab keinen Laut von sich, zog aber die Lefzen bedrohlich weit nach oben. Lindt und Wellmann waren wie versteinert. Instinktiv wussten sie, dass jede kleinste Bewegung den Jagdtrieb auslösen konnte.

Der Hund begann zu knurren. Erst leise, dann immer lauter.

»Wer ein solches Vieh hat, braucht keine Alarmanlage«, sagte Sternberg halblaut.

Das war zu viel. Das Tier preschte einige Meter vor und umkreiste die Kriminaler mit einem unterirdisch tiefen Bellen.

Plötzlich stieg ihnen ein markanter Duft in die Nase. Vorsichtig, in absoluter Zeitlupe, drehte Lindt seinen Kopf, um nach dessen Ursprung Ausschau zu halten. Kaum fünf Meter hinter ihnen stand Eduard von Villing in aller Seelenruhe im Schatten des breiten Daches auf dem umlaufenden Balkon und beobachtete die Szenerie, genussvoll an einer Costa-Rica-Zigarre ziehend.

Ein kaum hörbares Pfeifen kam zwischen seinen Zähnen hervor, worauf der borstige Rüde sofort die Holztreppe emporstürmte und sich zu seinem Herrn und Meister verzog.

»Wir kommen in völlig friedlicher Absicht«, rief Lindt dem Alten zu.

»Und, was wollen Sie schon wieder?«

»Mit Ihnen reden, natürlich.«

»Mit zwei Stunden Anfahrt, das muss ja wahnsinnig wichtig sein.«

»Können wir vielleicht reinkommen? Der Wind …«

»Bläst ziemlich kalt. Für morgen erwarte ich den ersten Schnee.« Der Alte machte keine Anstalten, sie einzulassen. »Reden können wir auch hier draußen, dann geht's schneller.« Er grinste hämisch und schlug den Kragen seiner dicken Wolljacke hoch.

»Sicherlich schön warm, da drin bei Ihnen«, versuchte es Lindt erneut.

»Den Kachelofen heize ich erst ein, wenn's mal gefriert. Aber meinetwegen, kommen Sie hoch.« Der Alte, der sich ziemlich bücken musste, um sich nicht den Kopf am Türstock anzuschlagen, ging voraus. »Früher waren die Leute eben kleiner. Hier oben im Schwarzwald noch mehr als woanders.«

Der weitläufige Flur lag im Dämmer. Abgesehen von den kleinen Scheiben in der Haustür drang kein Tageslicht nach innen und die dunkle Holzvertäfelung tat ein Übriges dazu, Helligkeit zu schlucken.

»Ringsum Holz«, nickte Eduard von Villing. »Gemauert ist nur der Stall da unter uns.« Er pochte mit seinem Absatz auf die ausgetretenen, aber spiegelblank polierten und auffallend breiten Fußbodendielen, die sich ohne Zwischenraum aneinanderfügten. Dann öffnete er eine schwere Holztür, duckte sich erneut und schritt hindurch.

Die beiden Karlsruher folgten ihm.

Allein die schiere Größe des Raumes war beeindruckend. Sicherlich konnten es sich früher nur die reichsten Hofbauern leisten, derart viel Platz zu verschwenden.

»Fast ein Tanzboden«, entfuhr Oskar Lindt, als er sich staunend umblickte.

»Gut erkannt«, antwortete von Villing. »Das war früher einmal die Gaststube. Geht über die gesamte Hausbreite. Gestützt nur von diesen Pfosten.« Er klopfte an einen der senkrechten Stützbalken, die so dick waren, dass ein Mann allein sie nicht umfangen konnte. »Bis vor 40 Jahren hatte der Hof das Schankrecht. Damals wurden hier rauschende Feste gefeiert.« Von Villing zeigte nach hinten. »Dort steht noch die original erhaltene Theke.«

Ansonsten war die Einrichtung ziemlich karg. Eine umlaufende Eckbank zog sich an der Wand entlang, davor mehrere Holztische mit dicken dunkel gewordenen Platten und eine

Reihe ungepolsterter Wirtshausstühle. »Der letzte Bauer hier war als Wirt gleichzeitig sein bester Kunde und auf die Tricks beim Kartenspielen hat er sich anscheinend nicht verstanden. Am Ende gehörte der Hof der Brauerei und der Wald der Bank. Muss trostlos gewesen sein. Die Frau hat vor Gram den Krebs bekommen und er selbst … Ja, das weiß niemand so recht, wie es zuging … Auf jeden Fall war ein Geländerbrett am Heuloch oben weggebrochen und der Bauer lag auf dem Steinboden im Stall mit gebrochenem Genick.«

»Drei Stockwerke in die Tiefe? Das reicht«, nickte Lindt.

»Ob er besoffen gegen die Abschrankung getorkelt ist oder ob er die Aussichtslosigkeit nicht mehr ertragen hat, keine Ahnung. Jedenfalls hatte man am Tag vorher das ganze Vieh abgeholt.«

Von Villing wies den Kommissaren Plätze auf der Eckbank zu, er selbst setzte sich an die gegenüberliegende Tischseite, stand dann jedoch wieder auf, ging zur Theke und holte drei dicke altertümliche Gläser, einen Krug mit Wasser und eine Flasche teuren französischen Rotwein herbei.

»Brunnenwasser oder Bordeaux, etwas anderes gibt's hier nicht.«

Lindt nahm die Flasche in die Hand, las aufmerksam das Etikett und pfiff leise durch die Zähne. »Nicht schlecht«, lobte er. »Lassen Sie sich den auch schicken so wie Ihre Zigarren?«

»Aha, ein Kenner«, stellte Eduard von Villing fest. »Bitte, bedienen Sie sich.«

Der Kommissar schaute zu Sternberg. »Auf der Heimfahrt tauschen wir die Plätze.« Zuerst goss er dem Hausherrn und anschließend sich selbst das dunkle Rot in die Gläser. Jan hatte keine Wahl und musste sich mit dem Wasser der Hofquelle begnügen.

Als sie ein paar Schlucke getrunken hatten, angelte Lindt zwei verblichene Fotografien aus der Innentasche seiner Cordjacke und schob sie über den Tisch.

»Können Sie sich an diese beiden Frauen erinnern?«, fragte er.

Es war nur eine winzige Entgleisung in den Gesichtszügen des Alten, doch sie gab dem Kommissar Gewissheit.

»Wer soll das sein?«, brummte von Villing betont gleichgültig.

»Marianne Buchmüller und Angelika Dörfel.«

»Was hab ich mit denen zu tun?«

»Vielleicht handelt es sich um frühere Bekannte von Ihnen?«

Von Villing verzog keine Miene. »Wann soll das gewesen sein?«

»60er-Jahre.«

»Was, vor über 40 Jahren? Unmöglich, dass ich mich noch an alle …« Er stockte.

»Sie hatten damals ein bewegtes Leben«, stellte Lindt fest.

»Sie vielleicht nicht, als Sie jünger waren?«

Der Kommissar hatte genügend Gesprächsroutine, um sich durch solche Gegenfragen nicht aus dem Konzept bringen zu lassen. Er verzichtete wie immer auf eine Antwort.

»Wenn nicht, dann sind Sie selbst schuld«, knurrte von Villing.

Lindt lächelte. »Bitte, schauen Sie sich die Bilder noch einmal genauer an. Wir sind uns sicher, dass Sie die Frauen gekannt haben. Gut gekannt, sehr gut.«

Die Augen des Alten wurden schmal. »Wieso fragen Sie mich das überhaupt?«

»Wir versuchen herauszufinden, was damals passiert ist.«

»Wieso?«, kam die barsche Antwort. »Sind sie tot?«

»Wir haben ihre Knochen in der Jauchegrube Ihres Karlsruher Hauses gefunden.«

Von Villing nahm die Hände vom Tisch, lehnte sich zurück und verzog verächtlich sein Gesicht. »Werden Sie bloß nicht unverschämt. Sie haben wohl vergessen, wer Ihnen hier gegenübersitzt. Sie bluffen doch! Pah! Ein paar alte Knochen! Was können Sie mit denen schon groß beweisen?«

»Das lassen Sie ruhig unsere Sorge sein. Auf jeden Fall sind die Frauen damals spurlos verschwunden und in ihren Tagebüchern …« Lindt stockte, denn ihm wurde schlagartig klar, dass er mit dieser Täuschung einen kapitalen Fehler gemacht hatte. Das Klicken unter dem Tisch kannte er nur zu gut.

»Hände über den Kopf, keine Bewegung«, befahl von Villing und zog den gespannten Trommelrevolver unter der Tischplatte hervor. Er sprang auf, stieß den Tisch zur Seite und brüllte: »Aufstehen! Und die Pistolen! Erst der da!« Er zielte auf Jan, der überhaupt nicht wusste, was geschah. »Los, los, schneller. Dort auf den Tisch damit.«

Sternberg gehorchte, zog in Zeitlupentempo die Dienstpistole aus dem Gürtelholster und schob sie über die Tischplatte.

Dann deutete die Laufmündung auf Lindt. »Jetzt der Fettsack!«

Lindt, totenbleich, stotterte: »Es … es …«

»Was ist? Her damit!«

Vorsichtig hob der Kommissar seine Jacke in die Höhe. »Ich trage keine Waffe.«

Von Villing schrie: »Willst du mich verarschen? Jacke aus! Und du auf den Boden!«

Beide gehorchten.

Tatsächlich hatte der Kommissar entgegen jeglicher Dienstvorschrift seine Pistole im Handschuhfach des Wagens gelassen.

»An die Wand.« Der Alte tastete Lindt ab und gab der auf dem Boden liegenden Jacke einen Tritt, dass sie in die Ecke der Gaststube flog. »Taschen ausleeren! Halt, du noch nicht.« Er zielte auf Sternberg, der sich bewegt hatte.

»Wirf alles dorthin.« Lindts Geldbörse, Feuerzeug, Pfeifenstopfer, Autoschlüssel, Schnupftuch und Taschenmesser flogen in Richtung seiner Jacke.

»Das Handy!«

Der Kommissar zog es aus seiner Brusttasche, warf es in Richtung der Jacke und hoffte inständig, dass es den Aufschlag heil überstehen würde.

»Gesicht zur Wand, Beine breit, Hände über den Kopf.« Der Alte tastete ihn ab.

»Du bist dran, steh auf!«

Sternberg rappelte sich hoch und leerte ebenfalls seine Taschen. Von Villing trat hinter ihn, drückte ihm den Revolverlauf in den Rücken und befahl: »Auch die Jacke!«

Vorsichtig schlüpfte Jan aus den Ärmeln, doch das dauerte von Villing zu lange. Brutal riss er ihm den Blouson nach hinten weg. Nun musste sich auch Sternberg an die Wand stellen.

»Am besten mache ich mit euch kurzen Prozess! Hier gilt mein Gesetz! Das habe ich euch schon einmal gesagt!« Dann schwieg er. Stand hinter Lindt und Sternberg, zielte und schwieg. Eine Minute, zwei Minuten, drei Minuten. Jan begann, am ganzen Leib zu zittern.

»Dir ist wohl kalt«, hörte er die höhnische Stimme hinter sich. »Du bringst mich auf eine gute Idee. Einen schnellen Schuss seid ihr nicht wert. Euer Ende kommt langsam, langsam und kalt. E-i-s-k-a-l-t!«

Seine Schritte entfernten sich in Richtung Tresen. Eine Schublade wurde aufgezogen, schnapp, schnapp, zweimal das Geräusch einer Schere. Von Villing kam wieder näher.

Er drückte Sternberg erneut die Laufmündung in den Rücken. »Umdrehen!«

Jan tat wie geheißen.

Der Alte warf ihm etwas zu. »Bind ihm die Hände auf den Rücken!«

Sternberg nahm das abgezwickte Stück eines dünnen Elektrokabels und befolgte den Befehl. »Chef, nicht böse sein«, bat er.

Gehorsam streckte Lindt die Arme nach hinten. Jan schlang ihm das schwarze Kabel um die Handgelenke.

»Fester« schrie ihn von Villing an. »Bis er schreit.«

»Au!«, brüllte Lindt sofort.

»Noch mehr! Bis die Hände blau werden.«

Von Villing prüfte die Fessel und kommandierte: »Jetzt auf den Boden! Beide!«

Sternberg lag als Erster, da er sich abstützen konnte. Lindt zögerte. Wie sollte er mit den Händen auf dem Rücken …?

Der Alte reagierte sofort. Von hinten versetzte er dem Kommissar einen kräftigen Tritt in die Kniekehlen, sodass der erst einknickte, mit den Knien aufschlug und dann anschließend mit dem Gesicht voran auf den Boden platschte. »Geht doch!«, lachte es höhnisch durch den großen Raum.

Von Villings linkes Knie bohrte sich hart in den Rücken von Jan Sternberg. Er packte dessen Hände, band sie in Windeseile zusammen und riss ihm dann die Arme nach hinten hoch.

»Aaah!« Jan schrie auf.

»Weichei! Das macht ihr Bullen doch auch, wenn ihr einen in Handschellen abführt!« Umgehend zog der Alte wieder an Jans Armen. »Hoch mit dir, los, auf die Beine!«

Bei Lindt versuchte er dasselbe, aber mit dem schwergewichtigen Kommissar, der sich gerade an die Wärme der polierten Fußbodendielen gewöhnt hatte, tat sich der Alte schwer. Schließlich gelang es doch. Mit schmerzverzerrtem Gesicht stand Oskar Lindt schwankend auf beiden Beinen. »Es fehlt etwas in diesem Raum«, würgte er hervor und blickte voller Abscheu auf den hochgewachsenen Mann mit dem schlohweißen Bart und den stechenden schwarzen Augen.

Von Villing verstand sofort und zischte: »Das war das Erste, als ich hier eingezogen bin. Dort zum Fenster habe ich es hinausgeworfen.« Sein Lachen prallte dröhnend von der dunklen Holzvertäfelung zurück. »Ihr Polizisten seid doch das Dümmste, was auf dieser Welt herumläuft«, höhnte er dann. »Glaubt ihr wirklich, ich merke nicht, wenn hier ein paar Dilettanten eindringen, um mein Haus zu verwanzen? In jedem Raum gibt es mindestens eine Kamera.« Er zeigte auf die Wand hinter dem Tresen. »Aber so winzig und so gut versteckt, dass eure blöden Kollegen davon überhaupt nichts mitgekriegt haben.« Er klatschte mit seiner flachen Hand an einen der mächtigen Stützbalken. »Und jetzt, bevor ich euch zwei Arschlöcher reingelassen habe, bin ich noch schnell auf Insektenjagd gegangen.« Erneut schlug er auf den Balken. »Patsch – alle Wanzen tot! Alle!« Er zeigte seine vom Zigarrenrauch gelb gefärbten Zähne. »Und euch beiden wird es genau gleich ergehen. Lästiges Ungeziefer muss vernichtet werden. So habe ich es schon immer gemacht! Und nun raus hier, sofort!«

Er ging zur Tür und riss sie auf. Aus dem Nichts erschien der Jagdhund und umkreiste die Gefesselten.

»Hoch! Die Treppe hoch!«

Lindt und Sternberg stolperten auf ausgetretenen Holztritten ein Stockwerk nach oben. Staunend sahen sie sich um.

»Heuboden«, kam von hinten. »Los, dort zum Geländer. Runterschauen!« Vorsichtig lehnten sich die Kripobeamten über den Rand der großen Öffnung. Tief unten im düsteren ehemaligen Stall erahnten sie den dunklen Sandsteinboden.

»Früher das Heu, dann der versoffene Bauer und jetzt zwei lästige Bullen. Ab, runter in die Hölle!«

»Niiicht!« Jan schrie auf, als der Alte ihn von hinten packte und über das Geländer drückte.

»Angst? Gleich bricht das Brett! Huhu! Was seid ihr doch für harte Kerle. Los, sieh dem Tod ins Auge!«

»Neeeiiin«, schrie Sternberg ein weiteres Mal. Plötzlich wurde er nach hinten gerissen.

»Auf, zum Wagen. Mit euch habe ich etwas ganz Besonderes vor.« Weiter vorn auf dem Heuboden parkte der Range Rover. Von Villing öffnete die zweiteilige Heckklappe. »Marsch, rein da. Oder muss ich nachhelfen?«

Mit gebundenen Händen tat sich vor allem Oskar Lindt mächtig schwer, hinauf auf die Ladefläche zu gelangen. Beim dritten Versuch schaffte er es schließlich und robbte zu Jan Sternberg hinein. Für zwei erwachsene Männer war der Platz ziemlich knapp. Geduckt und eng aneinandergedrückt kauerten sie im Kofferraum und pressten sich an das Hundegitter, das hinter den Rücksitzen montiert war.

»Hopp, pass schön auf!«, befahl der Alte und mit einem Satz sprang der Drahthaar zu ihnen in den Kofferraum. Mit Sabber an den Lefzen beschnupperte er die Gesichter der beiden Gefangenen, die sich vor Ekel schüttelten und so gut es ging, ihre Köpfe zur Seite drehten.

Von Villing schlug die Klappe zu, sprang auf den Fahrersitz und startete den vornehmen englischen Achtzylinder. Vollautomatisch schwangen die Flügel des Holztores auf und der schwere Geländewagen rollte die Hocheinfahrt hinunter.

Auf einem ausgefahrenen Feldweg schaukelte das Auto durch die Wiesen. Am Waldrand legte der Alte die Untersetzung ein und fuhr mit weniger als Schrittgeschwindigkeit in einen steil abwärts führenden Erdweg, der normalerweise nur von Forsttraktoren benutzt werden konnte. Immer wieder schrammte das Fahrzeug knirschend über herausragende Steinblöcke.

Der Untergrund war durch die Regenfälle stark aufgeweicht. Plötzlich kam der Zweieinhalbtonner ins Rutschen und von Villing musste gegen die Böschung lenken, um ihn abzufangen. Er drückte zwei kleinere Weißtannen um und rammte dann einen dicken Findling. Zum Glück stand der Wagen. Fluchend legte der Alte den Rückwärtsgang ein. Die Karre ächzte und schüttelte sich, kam aber nicht wieder frei. Die Räder gruben sich tiefer und tiefer in den weichen Waldboden. Der Fahrer gab Vollgas und endlich schoss das Fahrzeug mit einem Satz zurück in die Spur, landete haarscharf neben einem dicken Baum.

Etwas langsamer als zuvor holperten sie weiter talwärts, bis der Weg etwas flacher wurde. Schließlich hielt der Range Rover an und die Heckklappe flog auf. »Raus! Dalli!«

Der Hund schüttelte seinen mächtigen Schädel, umherfliegender Sabber traf die Gesichter der Kriminaler, und mit einem Satz war der Köter draußen. Sternberg brauchte deutlich länger und Lindt musste erst seine verkrampften Gliedmaßen strecken, bevor er ins Freie robben konnte.

»Da hoch!« Ein kaum sichtbarer Fußpfad, eher wohl ein Wildwechsel, führte den Hang hinauf ins Unterholz. Jan folgte dem Hund, der diesen Weg anscheinend bestens kannte. Oskar Lindt hatte mit den gebundenen Händen größte Mühe, nach oben zukommen, ohne sich festhalten zu können, und rutschte immer wieder rückwärts. Irgendwie schaffte er es dank seiner derben, mit guten Profilsohlen versehenen Halbschuhe doch. Ohne zu Fall gekommen zu sein, stand er nach Luft ringend auf einer kleinen, unnatürlich ebenen Fläche mitten im Hang.

Der Alte, der als Letzter gegangen war, schob sich an ihnen vorbei, schlüpfte am Rand der Verebnung zwischen einigen dichten Fichtchen durch und war verschwunden. Metallische Geräusche ertönten, Rasseln, Knacken, Quietschen. Im nächsten Moment tauchte er wieder auf. »Los, da rein!«

Sternberg ging vor, dann Lindt und zum Schluss der Alte. Nach fünf Schritten blieb Jan stehen und trat zur Seite. Sie standen unmittelbar vor einem dunklen Loch, das geradewegs in den Berg hineinführte. Ein halbrundes schwarz gestrichenes Eisentor war zur Seite gedreht worden und gab die Öffnung frei.

»Der Eingang zur Hölle!«, lachte von Villing rau und stieß Oskar Lindt in den Rücken. »Rein mit euch! Niemand wird euch hören in diesem alten Silberstollen! Das nächste Haus ist drei Kilometer weg und aller Wald hier ist mein! Da kommt nie einer vorbei.«

»Man wird uns suchen«, wagte Lindt zu entgegnen.

»Hoho, vielleicht bei mir im Haus, aber dort seid ihr nie angekommen. Euer Auto wird verschwinden und hier drin wird euch niemand jemals finden. Ihr werdet erfrieren oder verhungern, wenn ihr nicht vorher in der Dunkelheit wahnsinnig werdet. Ihr werdet vermodern und eure Gebeine werden bald genauso aussehen wie die, die schon hier liegen.«

»Die Kollegen wissen, dass wir zu Ihnen gefahren sind«, bemühte sich Lindt verzweifelt.

»Ich werde längst über alle Berge sein«, lachte der Alte mit einer abgrundtiefen Kehlstimme.

»Niemals lassen Sie Ihr Stahlwerk zurück!«

Von Villing trat vor das Tor. »Für wen soll ich es denn erhalten? Dieser Nichtsnutz ist ja sowieso nicht von mir! Fahrt zur Hölle!«

Krachend schlug er das dicke Eisentor von außen zu und drehte den Schlüssel zweimal um.

Das Motorengeräusch verschwand talwärts.

16

Eine Weile war Stille. Grausame Stille. Stille, die immer kälter wurde. Schon nach fünf Minuten wurde den beiden Gefangenen schmerzhaft bewusst, dass sie ihre Jacken hatten zurücklassen müssen.

Durch das Schlüsselloch und entlang des Türrahmens drang minimale Helligkeit in den Stollen. Doch auch als sich ihre Augen an die Düsternis gewöhnt hatten, war es so dunkel, dass sie den Verlauf des Ganges auf höchstens drei Meter in die Tiefe erahnen konnten.

Jan fand zuerst wieder Worte. »Auf späten Feierabend hatte ich mich eingestellt, aber nicht auf ewigen.«

»Die Lage ist hoffnungslos, aber nicht ernst«, wagte Lindt einen kleinen Witz zu machen.

»Andersrum? Oder?«, zweifelte Sternberg.

»Quatsch! Versuch mal, ob du meine Fesseln aufbekommst.«

Sie stellten sich Rücken an Rücken und Jan begann, am Kabel entlangtastend, den Verlauf des Knotens zu erfühlen. Tatsächlich schaffte er es nach einigen Minuten, die Hände des Kommissars zu befreien.

»Danke, ich hatte schon kein Gefühl mehr in meinen Fingern.« Nun band Lindt seinen Kollegen los.

»Okay, Chef. Prinzip Hoffnung. Niemals aufgeben. Das war unser erster Erfolg. Wir können uns wieder frei bewegen.«

»Ja, genau auf vier Quadratmetern«, brummte Oskar.

»Du hast keine Chance, nutze sie!«, deklamierte Jan.

»Von wem kommt denn dieser unsinnige Spruch?«

Sternberg begann, das nach innen ragende Kastenschloss zu befühlen. »Wenn wir einen Draht hätten, einen Schraubenzieher oder eine Zange.«

»Moment, ich hol nur rasch den Werkzeugkasten«, knurrte Lindt.

»Irgendwas findet sich immer«, antwortete Jan und ließ sich vorsichtig auf die Knie hinunter. »Au!« Scharfkantige Granitsplitter drückten durch seine Jeans ins Knie. Trotzdem kroch er Zentimeter für Zentimeter in die Dunkelheit und befühlte dabei sorgfältig den Boden und die Wände des alten Stollens.

»Wasser«, rief er auf einmal. »Hier ist eine Pfütze. Verdursten werden wir also nicht so schnell.«

»Komm wieder her! Das kann gefähr…« Weiter kam Lindt nicht, denn lautes Platschen und ein gurgelnder Laut erschallten von hinten. »Jan!«, schrie Lindt. »Jan!«, doch keine Antwort hallte aus dem Dunkel zurück.

Panisch versuchte der Kommissar, in die Richtung voranzukommen, in der Jan verschwunden war. Gebückt, um nicht an die Felsen zu stoßen, setzte er vorsichtig einen Fuß vor den anderen und tastete sich seitlich an den Wänden des Bergwerks entlang.

Plötzlich platschte und spritzte es direkt vor ihm. Instinktiv griff er zu und erwischte die Haare von Sternberg, der prustend nach Luft schnappte. Zwei nasse Hände klammerten sich um Lindts Beine. Er rang um das Gleichgewicht und richtete sich reflexartig auf. Mit dem Hinterkopf prallte er dabei mit voller Wucht gegen die grob behauenen Felsen der Stollendecke. »Auuuuh!« Dennoch fiel er nicht um, was wiederum seinem Mitarbeiter genügte, um sich vollends aus dem Loch herauszuziehen.

Hustend und wasserspuckend kauerte er auf dem Boden. »Das … das … war keine Pfütze.«

Lindt klopfte ihm ein paarmal kräftig auf den Rücken. »Bisschen tief dafür. Wird wohl die abgesoffene Verbindung zum nächst unteren Stockwerk sein.«

Sie krochen nach vorn zur Tür. Der Kommissar betastete seinen Kopf und spürte etwas Warmes, Feuchtes. Er schloss die Augen. Auch das noch! Das Blut sickerte langsam hinten in seinen Hemdkragen.

»Wir müssen uns wärmen«, meinte Lindt schließlich.

»Sie machen mir Spaß«, erwiderte Jan vor Kälte zitternd. »Ich hab keinen trockenen Faden mehr am Leib.«

»Trotzdem. Wir setzen uns in die Hocke, Rücken an Rücken.«

Sie pressten sich aneinander und ließen sich beide langsam nieder.

»Sogar halbwegs bequem«, staunte Sternberg.

Lindt fühlte die Nässe seines Kollegen bis hinunter zu seinem eigenen Hosenbund.

Dann schwiegen sie wieder. Sie schwiegen. Sie froren. Sie zitterten. Sie bebten.

Sternberg riss sich zusammen. »Wir dürfen nicht einschlafen, Chef. Der Schlaf bringt uns um. Aufstehen, wir müssen uns bewegen.«

Lindt ächzte, als sie sich aneinander hochstemmten. »Gymnastik, oder was?«

»Hier liegt ein handlicher Stein. Mit dem hämmern wir an die Tür.«

Sternberg versuchte es als Erster. Bumm – bumm – bumm. Bumm – bumm – bumm.

Der Kommissar hielt sich die Ohren zu. »Das dröhnt ja furchtbar.«

»Egal. Hauptsache, wir schlafen nicht ein.« Er donnerte weiter. Immer dreimal, kurze Pause, und erneut dreimal.

Nach einer Weile löste Lindt ihn ab. Zehn Minuten lang schlug der auf die Tür ein, bevor er den Stein zurückgab.

Sternberg legte wieder los. Fast eine halbe Stunde, bis der Kommissar ihm auf die Schulter tippte. »Vielleicht schaffst du es, das Schloss wegzuschlagen?«

Jans Finger glitten über das viereckige, angeschraubte Metallgehäuse. »Chef, da sind bereits einige tiefe Macken drin. Das hat anscheinend schon mal jemand versucht.«

»Wir müssen es trotzdem probieren.«

Sternberg nickte stumm und haute mit voller Wucht auf den eisernen Kasten. Minutenlang drosch er darauf ein, völlig ohne Erfolg. Das alte Teil war aus derart stabilem Material gefertigt, dass es den Schlägen widerstand, ohne auch nur einen einzigen Millimeter nachzugeben. Stöhnend hielt er inne.

»Lass mich mal.« Lindt nahm den Stein und bearbeitete das Schloss mit seiner ganzen Kraft. Er schaffte es nicht einmal halb so lange wie sein Mitarbeiter, dann musste er pausieren.

Sternberg übernahm von Neuem. Immer wieder lösten sie sich ab, zehnmal, zwanzigmal, ehe Lindt schließlich völlig erschöpft resigniert aufgab und in die Hocke ging. »Immerhin ist es mir jetzt ein halbes Grad wärmer.«

»Die müssen uns doch suchen, Chef. Bestimmt suchen die nach uns.«

»Heute am Freitag?« Lindt wusste, dass er das besser nicht hätte sagen sollen, er konnte dennoch nicht anders. »Du hast bei der Besprechung selbst gehört, dass alle endlich mal rechtzeitig nach Hause wollen.«

»Paul aber nicht, bestimmt nicht. Wenn der uns anrufen will und keiner sich meldet …«

»Paul weiß, dass wir hier kein Netz haben. Der sitzt längst in seinem Bienenhaus und füttert Zucker für den Winter.«

»Hmm, sein Honig. Wenn ich es mir fest vorstelle, kann ich die Süße auf der Zunge schmecken.«

Eine ganze Weile war Stille. Diesmal begann Lindt. »Eine Bockwurst, oder eine einfache, total gewöhnliche Nürnberger. Wenn man da reinbeißt. Der erste Bissen. Himmlisch, wie das schmeckt.« Er machte eine kleine Pause. »Und wie das Fett aufs Hemd spritzt. Und wie Carla dann schimpft.« Eine Träne rann über seine Wange. »Sie hat mich noch gewarnt. Sie hat nur einmal seine Augen gesehen und wusste gleich Bescheid. Der ist zu allem fähig, hat sie ein paarmal gesagt. Seid bloß vorsichtig.«

»Ja, die Eigensicherung«, murmelte Jan. »Erst im letzten Seminar haben sie es uns wieder gepredigt. Eigensicherung hat oberste Priorität.«

»Ich hätte es wissen müssen«, unterdrückte Lindt ein

Schluchzen. »Wenn er diese Frauen wirklich umgebracht hat, gibt es für ihn nichts zu verlieren. Aber dass er einen Revolver unterm Tisch …«

»Er hat uns erwartet. Und wir sind ihm voll in die Falle getappt.«

»Warum haben wir diesen Satan bloß gehen lassen, als wir ihn in unserer Falle hatten?«, ereiferte sich der Kommissar. »Mit der Tatwaffe in der Hand – und wir lassen ihn laufen.«

»Zu spät, Chef. Es ist es zu spät. Viel zu spät, um aus unseren Fehlern zu lernen.«

Erneut kehrte Stille ein. Lindt schaute auf die Uhr. Die Leuchtziffern zeigten bereits halb sechs. Die Nacht war hereingebrochen. Durch das Schlüsselloch kam nicht einmal mehr der geringste Schimmer. Aussichtslos, weiterzuklopfen. Selbst die Minimalchance auf einen Pilzsammler, der sie hören könnte, gab es um diese Zeit nicht. Vielleicht morgen früh – vielleicht –, wenn sie bis dahin noch am Leben waren.

»Chef«, sagte Jan Sternberg plötzlich. »Chef, was haben Sie eigentlich damit gemeint?«

»Womit?«

»Da auf dem Hof, in der Gaststube, als Sie gesagt haben, hier fehlt was.«

»Ach das … Ach, weißt du, in allen Schwarzwaldhöfen gibt es in der Stube eine Ecke, da hängt ein Kruzifix. Ein Kreuz und ein paar andere religiöse Sachen. ›Herrgottswinkel‹ sagen die Leute hier dazu. Die meisten sind ja katholisch.«

»Natürlich, damit hat dieser Kerl als Erstes aufgeräumt.

Ein Kreuz wäre so ziemlich das Letzte, was zu dem passen würde. Eher das genaue Gegenteil.«

»Der dicke Jäger hat's mir gesagt«, antwortete der Kommissar leise und resigniert. »Augen wie der Leibhaftige.«

Das war das Letzte, was in dem alten Silberstollen gesprochen wurde. Der kalte Schlaf überwältigte sie, Rücken an Rücken. Irgendwann kippten sie um, kippten in die scharfkantigen kleinen Granitsplitter, die sich schmerzhaft durch die Kleidung drückten. Sie hatten keine Kraft, sich nochmals aufzurichten.

Schon sehr früh, gegen halb zwölf desselben Tages, hatte Paul Wellmann, der in Lindts Abwesenheit für die Organisation der Arbeit der Mordkommission zuständig war, beschlossen, dass für diese Woche genug gearbeitet worden war.

»Wollt ihr eure Überstunden gleich heute abbauen?« Mit dieser Frage machte er sich bei den Kollegen auf Anhieb sehr beliebt.

Eine Rückfrage bei Chef Lindt war mangels Netzverbindung nicht möglich – das kam ihm gerade recht. »Garantiert hocken die beiden in einer urigen Vesperstube und schieben sich eine Ladung Schwarzwälder Schinken rein, also brauchen wir uns heute auch keinen abzubrechen«, sagte Wellmann, die übrigen Kommissionsmitglieder applaudierten und schlossen für diese Woche die Akten.

Fatal war, dass er mit einem letzten Blick auf den Computermonitor zwar das Bewegungsprofil von Eduard von Villing abgefragt, sich jedoch nicht mehr in die Raumüberwachung eingeloggt hatte. Genau um 11.32 Uhr, vier Minuten, bevor Paul seinen Computer herunterfuhr, meldeten sämtliche Mikrofone Totalausfall. Leider war keiner da, der auf diese Information hätte reagieren können. Der Fokus des Wellmann'schen Denkens lag längst auf den 24 Bienenvölkern im Albtal, die dringend auf den Winter vorzubereiten waren.

Kurz nach zwölf war er zu Hause in Neureut, freute sich über ein gemeinsames Mittagessen mit seiner Frau und brach gegen 14 Uhr, gekleidet in eine blaue Latzhose, einen alten Wollpullover und abgenutzte Arbeitsschuhe, in Richtung seines Bienenhauses auf. In Ettlingen entdeckte er eine Tankstelle mit besonders günstigem Diesel und beschloss, seinen VW Passat vollzutanken.

Nach dem Bezahlen stieg er ins Auto und wollte gerade starten, als sich ihm ein Gedanke an seine Kollegen Oskar und Jan in den Kopf schlich. War es ein Anflug schlechten Gewissens, dass er die günstige Gelegenheit für frühen Feierabend genutzt hatte, während die beiden anderen arbeiteten?

Ach was! Er beschloss, den Zweifel zu verdrängen und fuhr los, doch wenige hundert Meter später hielt er in einer Busbucht an, griff zum Handy, das er auch außer Dienst immer bei sich trug, und drückte die Kurzwahl für Lindts Nummer. ›… vorübergehend nicht zu erreichen‹, verkündete die weibliche Stimme. Er versuchte es bei Jan – dieselbe Bandansage.

Wellmann schaute auf die Uhr und rechnete. Gegen halb zehn waren seine Kollegen weggefahren, plus zwei Stunden Fahrzeit machte halb zwölf, plus zwei Stunden Befragung machte halb zwei, plus eine Stunde Mittagspause machte halb drei. Alles konnte sich in einem Bereich ohne Handynetz abgespielt haben. Okay, ich hab's versucht. Wellmann fuhr weiter. Ein dummes Gefühl in seiner Magengrube blieb.

Am Bienenstand angekommen, hüllte er sich in die weiße Schutzkleidung, setzte den breitkrempigen Hut samt Schleier auf und begann mit der dringend nötigen und lange aufgeschobenen Arbeit. Oskar, du willst meinen Honig essen, also musst du mir auch mal freigeben, ging ihm durch den Kopf. Oskar? Oskar Lindt ließ sich nicht aus Paul Wellmanns Innerem verdrängen.

Um 15 Uhr legte er deshalb Hut und Schleier ab, ging zum Auto, holte das Handy und versuchte erneut, seine Kollegen zu erreichen. Abermals keine Verbindung. Konnte das sein? Eigentlich müssten sie jetzt auf der Rückfahrt sein, und unten im Kinzigtal war der Handyempfang auf jeden Fall überall möglich. Der Beinahe-Unfall mit dem Unimog auf der schmalen Waldstraße kam ihm in den Sinn. Nach dem dauernden Regen der letzten Tage sicherlich keine einfache Strecke.

›Ach, Paul, du machst dir wie immer viel zu viele Gedanken.‹ Er hatte Lindts Stimme im Ohr. Gut, Oskar, ich gebe dir noch bis halb vier, beschloss er, behielt das Mobiltelefon in der Hosentasche. Das war gut so, denn kurz vor halb rief Carla an.

»Was macht ihr denn?«, wollte sie wissen. »Oskar hat anscheinend sein Handy wieder mal abgeschaltet und dabei müssen wir heute Abend nach Heidelberg zu unserer Tochter.«

Wellmann wurde ein wenig verlegen. »Also ...«, druckste er herum, »wenn du es genau wissen willst ...«

»Ja, bitte. Sag ihm doch, er soll mich endlich zurückrufen.«

»Also …«

»Mach's nicht so spannend. Wo seid ihr denn?«

»Ich bin schon den ganzen Nachmittag bei meinen Bienen, aber dein Oskar scheint noch irgendwo im Schwarzwald rumzugondeln.«

»Was?«, empörte sich Carla. »Wieso hast du frei und mein Mann kann sich wieder mal nicht von seiner Arbeit losreißen?« Sie stockte. »Ist er etwa zu diesem … diesem Einsiedler, zu diesem alten Mann da hochgefahren?«

»Äh, ja, heute Vormittag.«

Carlas Stimme wurde schrill. »Aber hoffentlich nicht alleine?«

»Nein, keine Sorge, Jan ist bei ihm.«

»Warum denn der Jan? Ist doch noch grün hinter den Ohren. Hundertmal hab ich ihm gesagt, er soll bei diesem Kerl bloß vorsichtig sein. Wieso hat er denn nicht dich mitgenommen?«

Wellmann wurde ein bisschen mehr verlegen. »Er wäre ja lieber mit mir, aber ich …«

»Was? Du wolltest nicht?«

»Ihr wollt ja auch meinen Honig essen und wenn ich nie nach den Bienen schaue …«

»Paul, bitte. Versuch ihn zu erreichen. Er hat doch Funk im Dienstwagen. Jetzt mache ich mir wirklich Sorgen.«

Wellmann wählte umgehend die beiden Handynummern. Wieder nichts!

Dann meldete er sich bei der Zentrale und bat darum, mit den

Polizeidirektionen der Kreise Rottweil und Ortenau Kontakt aufzunehmen, damit die es per Funk versuchten. Gleichzeitig stellte sich bei ihm ein derartig ungutes Gefühl ein, dass er sofort das Nötigste zusammenräumte, sein Bienenhaus abschloss und sich aus dem weißen Overall schälte, um so schnell wie möglich in Richtung Polizeipräsidium Karlsruhe zu fahren.

Wie üblich waren die Straßen voll, doch nach guten 20 Minuten hatte er es geschafft.

Er begegnete zwei Kollegen im Treppenhaus, die ihn mit »Du im Blaumann? Verdeckte Ermittlung im Handwerkermilieu?« begrüßten, aber Wellmann gab ihnen keine Antwort, sondern eilte zu seinem Schreibtisch. Während der PC hochfuhr, fragte er in der Zentrale nach, ob es einen Funkkontakt gegeben habe – leider Fehlanzeige. Ein letztes Mal versuchte er es auf den Handys und schaltete anschließend auf die GPS-Ortung der Fahrzeuge des Alten. Dessen Range Rover befand sich im Moment bei Rottweil, kurz vor der Auffahrt zur Bodenseeautobahn.

In Wellmanns Kopf kreisten rote Blinklichter. Die Raumüberwachung! Er loggte sich ein – alle Mikros tot! Alarm!

Schnell die Nummer der Kripo Ortenaukreis: Zweimal wurde er weiterverbunden, ehe er endlich auf dem Handy eines Kollegen landete, der Rufbereitschaft hatte.

Glücklicherweise war der keine Trantüte, sondern versprach, sofort ein Fahrzeug zum Hof von Eduard von Villing zu schicken.

Die Streife des Polizeireviers Wolfach erreichte die Einöde um halb fünf und meldete über Funk den verlassenen Dienstwagen.

Es wurde ein direkter Kontakt mit Paul Wellmann hergestellt. »Sonst niemand zu sehen. Es macht auch keiner auf.«

Die Verantwortung für die Entscheidung musste er jetzt tragen, doch er brauchte keine Überlegungszeit. »Reingehen, auf jeden Fall. Da stimmt was nicht.«

Eine Tür im früheren Stall schien den geringsten Widerstand zu leisten. Nach zwei Minuten hatte die Brechstange ihre Arbeit getan und die Streifenpolizisten betraten das Haus. Drei Minuten brauchten sie für das untere Geschoss, anschließend arbeiteten sie sich die Treppe empor, überquerten den breiten Hausgang und stießen die Tür zur früheren Gaststube auf. Die offen daliegende Dienstpistole und die Jacken nebst Tascheninhalt in der Ecke genügten, um Großalarm auszulösen.

Drei weitere Streifen der Reviere Haslach und Schramberg wurden losgeschickt. Auch die zuständige Bereitschaft der Kripo setzte das Magnetblaulicht aufs Dach und gab Gummi.

In Höhe der Raststätte Hegau setzte sich ein Mercedes der Autobahnpolizei hinter den dunklen Range Rover und schaltete das Lichtsignal mit der Anhalteaufforderung ein. Der Geländewagen wurde langsamer und rollte auf den Standstreifen.

Eduard von Villing war schneller als die Fahrzeugbesatzung. Noch bevor die Polizisten aussteigen konnten, riss er die Fahrertür seines Wagens auf, sprang heraus und gab mit seinem .44 Magnum Trommelrevolver zwei Schüsse auf das Streifenfahrzeug ab.

Der Hauptmeister am Steuer duckte sich instinktiv. Er hörte das Geschoss unmittelbar neben seinem Ohr vorbeipfeifen. Das zweite traf ihn in die Schulter. Im nächsten Moment raste der schwere Geländewagen davon. Vier hinterher gefeuerte Schüsse trafen das Heck des Range Rovers, konnten die Weiterfahrt jedoch nicht stoppen.

Die Versorgung des angeschossenen Beamten hatte selbstverständlich Priorität und so dauerte es über eine Viertelstunde, bis die nächste Streife auf einem weiter südlich gelegenen Autobahnparkplatz eintraf, wo das Ortungssystem den haltenden Range Rover lokalisiert hatte.

Natürlich war das Fahrzeug leer und nur dank eines aufmerksamen LKW-Fahrers wusste die Polizei, in welcher Richtung gesucht werden musste: Er hatte beobachtet, wie ein alter Mann aus dem Geländewagen gestiegen und mit seinem Hund zum Gassi gehen in den angrenzend Wald geschlendert war.

Der Rentner, der ohnmächtig unter den Bäumen seiner Obstwiese gelegen hatte, konnte erst in der Dämmerung das Bewusstsein wiedererlangen und brauchte eine halbe Stunde, um noch ziemlich benommen zu Fuß das Dorf zu erreichen. Dort glaubte man ihm erst nicht, dass er von einem Spaziergänger mit Hund niedergeschlagen und seines Autos beraubt worden war, denn sein schwankender Gang und der Geruch nach Apfelmost erzählten eine andere Geschichte.

Erst die Beule am Hinterkopf und der über dem nahen Wald kreisende Polizeihubschrauber brachten den Sohn des Rentners schließlich dazu, die Nummer des Polizeireviers Singen zu wählen. Unterdessen hatte Eduard von Villing einen gewaltigen Vorsprung und durchquerte gerade die Schweiz auf der Suche nach einer günstigen Gelegenheit, den Opel des Rentners aus dem Hegau loszuwerden und seine Flucht auf andere Art fortzusetzen. Den Weg zu seinem Ziel kannte er sehr genau.

Bei dem Hof im Schwarzwald hatte sich mittlerweile eine ganze Armada von Polizeifahrzeugen versammelt. Zwei Diensthundeführer ließen ihre belgischen Schäferhunde an den Jacken von Lindt und Wellmann Witterung aufnehmen. Die Hunde zeigten jedoch nur zwischen Haus, Schuppen und Oskar Lindts Dienstwagen Interesse an Spuren. Erst als sie in der Stube erneut frisch angesetzt wurden, zogen sie die Hundeführer bis nach oben auf den leeren Heuboden. Die Reifenspuren des Geländewagens ließen die Zusammenhänge schnell klar werden.

In einem Kastenwagen der Ortenau-Polizei war bereits ein mobiles Lagezentrum eingerichtet worden und dank des ausfahrbaren Funkmasts gelang es, das von Paul Wellmann gemailte Bewegungsprofil des Range Rovers direkt auf einem der Laptops zu empfangen.

Entsetzt stellte die Einsatzleitung fest, dass der Wagen einen Weg genommen hatte, der bis zur nächsten halbwegs festen Waldstraße fünf Kilometer durch tiefsten Tann führte und von keinem ihrer momentan verfügbaren Fahrzeuge befahren werden konnte. Die Wolfacher Streifenbesatzung machte sich umgehend auf zum nahegelegenen Großholzer-Hof, um den Bauer nebst seinem Forst-Unimog zu ordern.

In der Zwischenzeit waren bereits Hundeführer losgeschickt worden, um den Weg sowohl vom oberen, als auch vom unteren Ende her zu Fuß abzugehen. Die Einsatzleitung kalkulierte, dass sich die Suchhunde spätestens nach einer Stunde auf halbem Wege treffen müssten. Der Unimog sollte wegen der schlechten Geländeverhältnisse erst nachkommen, wenn er benötigt würde.

Die Hubschrauberunterstützung mit Wärmebildkamera brachte keinerlei Ergebnisse, sodass das Schlimmste befürchtet werden musste. »Der Geländewagen wurde auf einem Autobahnparkplatz kurz vor Singen gefunden«, verkündete der Einsatzleiter.

»Weißt du, was das heißt?«, raunte ein im Dienst ergrauter Beamter des Polizeipostens Wolfach seinem Streifenwagenpartner zu. »Irgendwo zwischen hier und Singen liegen unsere Kollegen mit Kopfschuss im Straßengraben.«

Die Nerven der Einsatzkräfte waren zum Zerreißen gespannt. Das war keine der üblichen Personensuchen. Kein verirrter Wanderer und keine Oma, die aus dem Altersheim verschwunden war. Hier ging es um zwei Polizeikollegen, die in akuter Lebensgefahr schwebten. Oder waren sie schon …?

Die Zeit zog sich – zäh wie Kaugummi – ohne Ergebnis. Je länger es dauerte, umso mehr beschlich die Verantwortlichen das Gefühl, diese Suche würde kein gutes Ende nehmen. Ihre Gesichtszüge versteinerten sich mehr und mehr.

Endlich! Gegen 19.45 Uhr zog einer der Schäferhunde seinen Führer von dem matschigen steilen Forstweg den Hang hinauf auf einen schmalen Pfad. »Pfui! Reh!«, kommandierte der Beamte, der davon ausging, der Hund folgte einer Wildspur. Der Hund verweigerte den Gehorsam, zog am langen Riemen bergan, tauchte fünf Minuten später zwischen mehreren kleinen Fichten durch und gab dahinter Laut. Fassungslos stand der Hundeführer vor dem verschlossenen Stolleneingang. Er rief, trommelte und schlug schließlich mit einem Stein dagegen, doch er erhielt keine Antwort. Die Zeit schien endlos, bis von drinnen ein leises Rufen ertönte.

»Wir brauchen schweres Gerät, am besten eine große Flex oder einen Schneidbrenner«, schrie der Hundeführer in seinen Funk. »Massives Eisentor, altes Bergwerk.« Dann rief er zum Schlüsselloch hinein: »Durchhalten, wir holen euch raus!«

Jetzt kam endlich der Großholzer-Bauer mit seinem Forst-Unimog zum Einsatz. Ein Rüstwagen der Feuerwehr, ebenfalls auf Unimog-Fahrgestell, folgte ihm. Der steile Forstweg war so weich und rutschig, dass auf beiden Fahrzeugen unterwegs Ketten montiert werden mussten, um ein Abrutschen zu vermeiden. Endlich, nach einer knappen Dreiviertelstunde, brummte vor dem ehemaligen Silberbergwerk ein Stromaggregat, zwei Flutlichtstrahler flammten auf und kreischend fraß sich die Trennscheibe einer motorbetriebenen Flex durch den Schließbolzen des Eisentores.

Den Feuerwehrmännern bot sich ein schockierendes Bild: Zwei zusammengesunkene Gestalten, bewegungslos, die eine mit blutüberströmtem Kopf, die andere völlig durchnässt, saßen eng aneinandergedrückt auf dem kalten Granit. Wie viel Leben steckte noch in ihnen?

»Hallo?«

Ganz zaghaft bewegten sich die Köpfe.

»Sie leben!« Die Meldung ging sofort über Funk.

»Verbandskasten! Tragen! Decken!« Die Kommandos hallten durch den finsteren Wald.

Oskar Lindt und Jan Sternberg waren kaum ansprechbar, stark unterkühlt und ihre Beine versagten den Dienst.

17

Im Polizeipräsidium Karlsruhe sprach sich die Suche nach Lindt und Sternberg wie ein Lauffeuer herum. Paul Wellmann hatte als Erstes Carla Lindt und Jan Sternbergs Frau Ilona benachrichtigt, die sofort zu ihm ins Büro geeilt waren. Neben Staatsanwalt Conradi und dem Leiter der Kriminalpolizei, die beide noch an ihren Schreibtischen erreicht werden konnten, fanden sich immer mehr Kollegen ein. Auch eine Polizeipsychologin war geholt worden, die sich um die Ehefrauen kümmerte.

Das bange Warten wurde unerträglich. Endlich kam der Funkspruch des Hundeführers. Qualvoll zog sich die Zeit in die Länge, bis die Rettungskräfte schließlich den abgelegenen Einsatzort erreichten. »Das gibt's doch gar nicht, so lange wie das dauert«, empörte sich der Staatsanwalt. Paul Wellmann beschwichtigte, so gut es ging – er kannte die endlosen Wälder ja bereits aus eigener Erfahrung.

Unglaubliche Freude kam auf und Jubel brandete durch den alten Sandsteinbau, als die erlösende Nachricht von der Rettung eintraf. Carla und Ilona lagen sich in den Armen und ließen ihren Tränen freien Lauf.

»Sie sind am Leben«, tönte es aus dem Funkgerät.

»Wohlauf?«, funkte Wellmann zurück.

Die Antwort ließ etwas auf sich warten. Der Einsatzleiter musste offensichtlich erst eine geeignete Formulierung finden. »Den Umständen entsprechend«, gab er durch. »Sie werden ins Krankenhaus nach Wolfach gebracht.«

»Wir kommen sofort.« Paul Wellmann schaute zu Carla Lindt und Ilona Sternberg.

»Natürlich«, riefen sie wie aus einem Mund.

Wenig später fuhr der blaue Wagen in Richtung Schwarzwald davon. Die Frauen saßen hinten und Tilmann Conradi hatte auf dem Beifahrersitz Platz genommen. »Auf jeden Fall fahre ich mit«, hatte er gesagt.

Bereits eine halbe Stunde nachdem die Rettungswagen mit Lindt und Sternberg am Krankenhaus Wolfach vorgefahren waren, traf der Volvo aus Karlsruhe ein.

Der Transport aus dem Wald hatte nochmals eine enorme Zeit in Anspruch genommen. Nur der Notarzt und zwei Rettungsassistenten des Hausacher Roten Kreuzes hatten dank ihres robusten Geländewagens von der Talseite her in die Nähe der Notfallstelle fahren können. Bereits direkt am Stolleneingang wurden den Opfern vorgewärmte Infusionen angelegt. Eingehüllt in silberfarbene Wärmeerhaltungsdecken mussten sie in Schleifkorbtragen geborgen und den Hang hinunter abgeseilt werden. Im kettenbewehrten Feuerwehr-Unimog, begleitet vom Notarzt, ging der Transport abwärts bis zum Schotterweg, wo die Rettungswagen mit vorgeheizten Innenräumen bereitstanden. Nach einem ausführlichen Bodycheck und der Versorgung von Lindts Kopfplatzwunde erteilte der Arzt die Anweisung, loszufahren. »So schnell wie möglich, aber so schonend wie nötig!«

Die wohlige Wärme, die dicken Wolldecken und bestimmt auch die schaukelnde Fahrt bewirkten, dass Lindt und Sternberg während des Transports mehr und mehr aufklarten. Gut zugedeckt und gründlich untersucht befanden sie sich immer noch auf den Liegen in der Notfallaufnahme der Klinik, als die vier Karlsruher hereineilten.

Wortlos schlossen Ilona und Carla ihre geretteten Ehemänner in die Arme.

Bis zum Sonntag mussten Lindt und Sternberg im Wolfacher Krankenhaus bleiben, doch bereits am Montag nahmen sie – zwar nach wie vor sichtlich angeschlagen – pflichtbewusst ihren Dienst wieder auf. Lindt trug einen respektablen Verband am Hinterkopf, wo er mit fünf Stichen genäht worden war, doch die massive Unterkühlung war bis auf eine rechte Schniefnase zum großen Glück folgenlos geblieben. Weder eine Lungenentzündung, wie befürchtet, ja nicht einmal eine stärkere Erkältung plagte die Beamten. »Gerade noch mal gut gegangen« war alles, was Oskar Lindt zu den Vorkommnissen zu sagen hatte.

Die europaweite Großfahndung nach Eduard von Villing war bisher ergebnislos geblieben. In der Südschweiz, vor dem Bahnhof von Bellinzona, hatte man den Wagen des Rentners vom Hegau gefunden, nachdem eine Streife auf den darin jaulenden Hund aufmerksam gemacht worden war. Der Drahthaar kam ins Tierheim; die Spur des Alten mit dem schlohweißen Bart und den stechenden schwarzen Augen hingegen verlor sich.

Schon drei Tage später konnte der Hund an eine Tessiner Bäuerin vermittelt werden, die in dicken Bergstiefeln, grüner

Arbeitshose und einer grob gestrickten Wollweste im Tierheim nach einem kräftigen Wachhund für ihren einsamen Berghof suchte. In einem sonnigen, sehr abgelegenen Seitental war das große alte Steinhaus mit der traumhaften Aussicht nur nach zweistündigem Fußmarsch durch eine enge Klamm zu erreichen. Die braun gebrannte, kräftige Frau ließ die steilen Grashänge von ihrer 20-köpfigen Ziegenherde abweiden, betrieb intensiven Gartenbau, beerntete die Obstbäume und kultivierte sogar einen kleinen Getreideacker.

Der große Esskastanienwald, der das Anwesen vor Geröll und Lawinen schützte, lieferte mehr als genug Brennholz, um die Hofbewohner auch die schneereichen Wintermonate überstehen zu lassen. So lebte die Hofbesitzerin seit über 20 Jahren ihren Traum von der Selbstversorgung in diesem südlichsten Kanton der Schweiz.

Die Pflegerin des Tierheims war sehr froh, den als schwer vermittelbar eingestuften, riesigen Drahthaar an jemanden abgeben zu können, der mit Hunden dieses Kalibers offenbar keinerlei Probleme hatte. Der Rüde und die Frau verstanden sich auf Anhieb. Deshalb und wegen der mehr als abgelegenen Adresse notierte die Tierwärterin in der Akte: Kontrollbesuch nicht erforderlich.

Auf dem letzten Stück des schmalen Fußwegs zum Hof konnte die Bäuerin den borstigen Hund nicht mehr zurückhalten. Sie versuchte erst gar nicht, zu pfeifen oder nach ihm zu rufen, als er ihr davonlief. Lächelnd und leichtfüßig, trotz der schweren Stiefel, wanderte sie den Rest des steilen Saumpfades weiter bergan.

Einer aber freute sich unbändig, als der neue Bewohner lange vor der Bäuerin eintraf. Der groß gewachsene, glatt rasierte Mann, der auf dem kahlen Schädel eine Wollmütze undefinierbaren Alters trug, umarmte den Jagdhund und ließ sich von ihm minutenlang das Gesicht ablecken.

Als die drahtige Frau schließlich ebenfalls ankam, beendete der Hund das Begrüßungsritual und rollte sich auf seinem gewohnten Platz zusammen.

Die Kriminaltechnik legte eine Wochenendschicht ein, stellte das gesamte Schwarzwaldgehöft einschließlich Leibgeding und allen Nebengebäuden in mühseliger Kleinarbeit auf den Kopf und fand: nichts. Absolut nichts, was auf die Skelette in der Knielinger Jauchegrube hingedeutet hätte, und nichts, womit sich die Rätsel um die erschossene Ehefrau und die erhängte Schwester von Eduard von Villing hätten lösen lassen.

»Der Zufall ist unser Freund«, deklamierte Kriminalhauptkommissar Oskar Lindt, »aber Fleiß, Hartnäckigkeit und unsere grauen Zellen werden uns zum Ziel führen.« Er schwor seine Mannschaft darauf ein, dass sie alle einen sehr langen Atem benötigen würden.

»Der Schlüssel«, sagte Lindt, »der Schlüssel zur Lösung heißt Konstantin von Villing. Wenn der Alte nicht gefasst wird, müssen wir den Jungen knacken.«

»Unverständlich, dass er schweigt«, überlegte Paul Wellmann. »Was weiß er über seinen Vater? Ist es ihm überhaupt bekannt, dass er nicht der leibliche Sohn des Alten ist? Welche Rolle spielte seine Tante Irene Stoll?«

Jan Sternberg hatte eine Idee: »Wie wäre es, wenn wir nach Verwandten der Ehefrau suchen? Über sie werden wir bestimmt etwas herausfinden können.«

Der Kommissar stimmte zu. »Gut, Jan, jeder hinterlässt Spuren. Immer und überall. Klemm dich dahinter.« Er sah zu Wellmann. »Und wir beide, Paul, wir werden uns erneut als Nussknacker versuchen.«

»Bruchsal, Café Achteck?«

»Genau. Ich hab ihm ja versprochen, wiederzukommen, immer wieder.«

»Kannst du dir erklären«, sinnierte Lindt während der Fahrt in die Justizvollzugsanstalt, »wieso er sich zuerst gestellt hat und jetzt plötzlich kein Wort mehr aus ihm herauszubringen ist?«

»Vielleicht hat er ja einfach einen Schuss, Oskar. Einen gewaltigen Dachschaden. Realitätsverlust oder so?«

»Mit Studium in Harvard? Kann ich mir echt nicht vorstellen.«

»Vielleicht später, als er alles verloren hatte? Ranch weg, Geld weg, Geschäftsführerposten weg, Vater weg.«

»Und dann auch noch seine Tante weg, der letzte Anker, an den er sich klammern konnte. Möglicherweise war das der Tropfen, der das Fass zum Überlaufen gebracht hat.«

»Eine Ansammlung traumatischer Erlebnisse und als er sie findet, mit dem Strick um den Hals, da haut es ihm die Sicherung raus. Endgültig.«

Lindt überlegte: »Und wenn er sie gar nicht im Schrank gefunden hat, sondern ganz woanders?«

»Zum Beispiel frei baumelnd in der Scheune? Rauf auf die Galerie, Strick um das Geländer und Absprung?«

»Eher nicht. Das hätte auf jeden Fall einen Genickbruch bewirkt und davon hat die Salzmann nichts erwähnt.«

»Du hast recht. Wenn sie sich also an einem anderen Ort aufgehängt hat, dann höchstens so, dass sie sich auf einen niedrigen Gegenstand gestellt und den weggestoßen hat.«

»Exakt, so sehe ich das auch. Aber wenn unsere Theorie richtig ist, hätte er sie ja ab- und im Schrank wieder aufgehängt? Sollte das eine Art Bestattung sein? Und warum fühlt er sich schuldig?«

Wellmann hielt sich die Hände an die Schläfen. »Fragen, Fragen, Fragen. Da komm ich nicht mehr mit.«

Lindt beruhigte ihn: »Ich ebenfalls nicht, aber steter Tropfen höhlt den Stein, deshalb stellen wir diese Fragen jetzt im Knast.«

»Wie zufrieden sind Sie mit dem Service hier?«, wollte Lindt als Erstes wissen.

»Ich tauge nicht zum Leben auf der Straße«, antwortete der Häftling. »Wer das einmal mitgemacht hat, fühlt sich selbst hier wie im Paradies.«

»Und wie steht es um Ihr Gewissen?«

»Es wiegt schwer, sehr schwer.« Konstantin schaute zu Boden. »Wie ich mit dieser Last leben soll, weiß ich nicht.«

Lindt und Wellmann tauschten vielsagende Blicke aus. Ganz klar Theater, waren sie sich sicher.

»Können Sie uns genau schildern, wie Sie diese scheußliche Tat vollbracht haben?«

Mit tief traurigen Augen antwortete von Villing: »Sie werden es mir nicht glauben: Ich habe keine Ahnung.«

»Überhaupt keine Erinnerung?«

»Nichts, nichts, nichts. Alles weg.«

»Echte Gedächtnislücke?«, fragte Lindt. »Paul schreib auf: ›Retrograde Amnesie, schockbedingt‹.«

»Machen Sie sich bloß nicht lustig über mich.« Seine Empörung war schlecht gespielt.

»Niemals würden wir das wagen. Aber bestimmt schaffen wir es, Ihnen ein wenig auf die Sprünge zu helfen.«

»Keine Chance! Was denken Sie, wie oft ich mir selbst schon das Gehirn zermartert habe.«

»Zu welcher Tageszeit war es denn, als Sie Ihre Tante gefunden haben?«

Von Villing wurde eifrig: »Nachmittag, ja früher Nachmittag, so drei oder halb vier vielleicht. Ich war gerade aufgewacht.«

»Hoppla. Sie sind ja ein echter Langschläfer. Oder hatten Sie eine lange Nacht?«

»Sehen Sie, selbst davon weiß ich überhaupt nichts mehr. Kopfweh, ja, fürchterliche Schmerzen. Hier …« Er fuhr sich über den Hinterkopf. »Was vorher war … Keine Ahnung. Bitte, glauben Sie mir.«

»Paul schreib auf: ›alkoholbedingt‹ oder halt, wie steht's mit anderen Drogen?«

Konstantin von Villing griff an seinen Kopf und zog ein Büschel Haare in die Höhe. »Bitte, schneiden Sie ab. Ihr Labor wird nichts mehr finden. Früher schon: USA, Studium, Börsencrash, meinen Sie, das hält man durch, ohne zu koksen?«

»Und als Sie aus der Firma geflogen sind?«

»Kaum noch. Da hab ich die Finger von dem Zeug gelassen.«

»Aber geschluckt haben Sie weiterhin?«

»Was hätte ich denn sonst den ganzen Tag machen sollen? Vielleicht basteln mit Irene, dort in der Werkstatt?«

»Gingen Sie nie aus?«

»Ach, die Nachbarn haben mich immer scheel angeschaut. Da hatte ich keine Lust mehr drauf.«

»Wieso denn das? War Ihr Äußeres immer schon so … so …«

»Abstoßend?«, ergänzte von Villing. »Nein, so wie nach meinem Penner-Selbstversuch natürlich nicht. Aber wenn man keine Perspektive mehr hat …«

»… dann lässt man sich gehen«.

»Wahrscheinlich. Auf jeden Fall habe ich es vermieden, jemandem draußen zu begegnen.«

»Sie hätten mit dem Auto wegfahren können.«

»Keine Chance, es zu bekommen. In manchen Dingen war Irene so hart wie ihr Bruder.«

»Ihr Vater war ja nicht immer hart zu Ihnen«, stellte der Kommissar fest, doch darauf antwortete Konstantin nicht.

»Niemals hätte sie mir diesen Wagen überlassen.«

»Kein Führerschein?«

»Jetzt hab ich ihn wieder. Das haben Sie sicherlich alles bereits rausgefunden.«

»Hier drin nützt er Ihnen allerdings rein gar nichts.«

»Wenn ich rauskomme, hab ich eh keine Kohle für ein Auto.«

»Was machen Sie dann? Pläne für die Zeit danach?«

Der Häftling hob die Schultern. »Wo soll ich hin?«

»Das Haus steht jetzt leer.«

»Nie, nie, niemals kann ich dorthin zurück!«, erregte sich von Villing.

»Oder auf den Hof? Ihr Vater wird Ihnen doch nicht die Tür weisen.«

»Ausgeschlossen. Völlig unmöglich. Dem kann ich nie mehr unter die Augen treten.«

»Möglicherweise ist er trotzdem unterhaltspflichtig. Dann wird Ihnen das Sozialamt höchstens was vorstrecken. Das fordern die gnadenlos zurück.«

Konstantin senkte den Kopf. »Für mich muss er nichts bezahlen.«

»Das verstehe ich nicht ganz …«, antwortete Lindt.

»Ach … er … er ist nicht mein wirklicher Vater, mein leiblicher, meine ich.«

Na endlich, dachte der Kommissar und rief trotzdem erstaunt: »Was? Ist er nicht?«

»Nein, aber ich weiß es erst, seit … Ach, das ist ja egal.«

»Seit Irene es Ihnen gesagt hat, stimmt's?«, schoss Lindt ins Blaue.

»Tut nichts zur Sache«, antwortete von Villing.

Lindt sah, dass er recht hatte. »Und Ihr Vater … ich meine, Eduard von Villing, seit wann weiß er Bescheid?«

»Keine Ahnung«, antwortete Konstantin spitz. »Ist mir völlig wurscht. Vielleicht weiß er es ja gar nicht.«

»Könnte es sein, dass er deshalb mit Ihnen gebrochen hat?«

»Nein, oh nein. Das hätte er mir ins Gesicht geschleudert, mitten hinein. So wie damals, als er mich rausgeworfen hat. Das war eine fürchterliche Szene vor der versammelten Mannschaft. Alle haben es mitbekommen. Die anderen Geschäftsführer, die Sekretärinnen, alle 50 Mann auf der Etage. Natürlich ging das dann rum wie ein Lauffeuer. Geld beiseitegeschafft, das hat er so laut geschrien, wahrscheinlich hat man es sogar im Stockwerk drunter gehört. Er war völlig außer sich. Und am nächsten Tag konnte es jeder nachlesen. Es war der Zeitung eine halbe Titelseite im lokalen Teil wert und bei den Wirtschaftsnachrichten kam ebenfalls ein Artikel.«

»Das war Ihr sozialer Tod«, nickte Lindt. »Jetzt verstehe ich so manches.«

»Es war alles drin in der Zeitung. Harvard, die Ranch, der Börsenkrach, alles.«

»Und als Krönung des Ganzen noch Untreue im väterlichen Betrieb.«

Der Häftling ballte die Faust. »Ich wüsste nur zu gern, wer das damals den Zeitungsfritzen gesteckt hat. Vielleicht war er es ja selbst. Hat sich aufgeführt wie ein Drache.«

»Drachen haben grüne Augen.« Lindt schlug sich die Hand vor den Mund. »Verdammt, das war …«

»… unüberlegt«, sagte Paul Wellmann leise.

Konstantin ließ die Arme hängen. »Es ist Ihnen also aufgefallen. Schwarz, stechend schwarz. Als Kind wusste ich nie, was mich an meinem Vater eigentlich gestört hat. Irgendwas, aber es war mir nie klar.«

»Erst beim Rauswurf?«

»Da war der Blick furchtbar. So wie noch nie, noch gar nie. Aber damals, vor allen … tot … Sie haben es gesagt, damit hat er getötet. Nicht nur fertiggemacht, er hat mich umgebracht.«

»Dann kann ich allerdings überhaupt nicht verstehen, weshalb Sie Ihre Tante … Ich meine, die hatte damit überhaupt nichts zu tun.«

Von Villing brach zusammen. Ein heftiger Weinkrampf schüttelte ihn. Die Kommissare schwiegen. Sie ließen ihm Zeit. War die Nuss jetzt geknackt?

Doch der Häftling blieb stumm. Fünf Minuten, zehn Minuten. Wellmann reichte ihm ein Papiertaschentuch.

Aber selbst, als er sich wieder beruhigt hatte, fand Konstantin von Villing keine Worte.

»Sie haben Ihre Tante nicht umgebracht«, brach Lindt das Schweigen. »Wir glauben Ihnen nicht.«

»Doch«, widersprach der Häftling trotzig. »Sie haben es schwarz auf weiß.«

»Ist keinen Pfifferling wert, dieses Geständnis, solange Sie uns nicht genauer sagen, wie Sie es angestellt haben.«

»Ich weiß es doch nicht!«, schrie Konstantin erregt. »Ich habe keine Erinnerung mehr daran!«

»Wissen Sie, wie lange man für Mord hier drin schmoren muss? Lebenslänglich! Wollen Sie das? Ganz bestimmt nicht! Sie wären ja behämmert, etwas zu gestehen, was Sie gar nicht begangen haben.«

»Und wenn es im Suff war? Dann war ich nicht …«

»Nicht schuldfähig?«

»Ja?«

»Selbst bei einem milden Richter brummen Sie trotzdem einige Jahre.«

»Und danach ist Ihr Leben vorbei«, sagte Paul Wellmann. »Hier drin werden Sie fertiggemacht.«

»Fertig, das bin ich jetzt schon.«

»Überlegen Sie mal. Kann es nicht sein, dass sich Ihre Tante selbst …?«

Konstantin schrie auf: »Nein, nein, nein!« Er hopste wie ein Rumpelstilzchen im Vernehmungsraum umher. »Niemals, gar nie, auf keinen Fall. Das hätte Irene mir nie angetan.«

»Wieso Ihnen? Sie hätte es doch sich selbst angetan?«

»Mann, Sie hat es hinter sich, aber ich, ich muss damit weiterleben, und sie war der einzige Mensch, der noch zu mir …«

»Miteinander verwandt, also blutsverwandt, waren Sie aber nicht.«

»Sie wusste es ja schon viel länger und hat mich trotzdem bei sich wohnen lassen.«

»Vielleicht wollte sie ja nur nicht alleine sein?«

Der Gefangene überlegte. »So habe ich es noch nie gesehen … Seit der Otto, also seit ihr Mann damals diesen furchtbaren Unfall hatte«, er stockte, »… ja, seither war sie völlig alleine. Außer wenn sie im Schwarzwald oben war bei meinem Vater, nein, bei ihrem Bruder. Aber viel gesprochen haben die bestimmt nicht miteinander. Und dieser Kerl da aus dem Elsass, dieser Möbelheini mit seinem affigen Schnäuzerchen, der sie alle paar Monate mal … äh, ja, der sie halt besucht hat, der hat ihr garantiert überhaupt nichts bedeutet, der war nur … na, so halt.«

»So halt«, wiederholte Lindt.

»Ach, das war ein Idiot. Da musste sie vorher immer erst ein paar Gläser … sonst hätte sie das überhaupt nicht ausgehalten.«

»Den mochten Sie nicht«, stellte Lindt fest.

»Sie hat mir ein paar Scheine in die Hand gedrückt und ein Taxi gerufen. Ich glaube, sie hat sich geschämt.«

»Sie haben Irene sicherlich gefragt, woher sie weiß, dass Ihr Vater nicht Ihr Vater ist.«

»Natürlich. Immer wieder. Gelöchert habe ich sie. Jedes Mal die gleiche Antwort. ›Ich weiß es halt‹, mehr konnte ich nie aus ihr rausbringen.«

»Streit deswegen?«

»Nur deshalb, sonst nie.«

»Dann aber heftig?«

Konstantin nickte. »Ich habe sie angeschrien. Immer und immer wieder. Hat nichts genutzt. Sie wollte es mir einfach nicht sagen.«

»Auch an dem Abend bevor …?«

Von Villing wurde rot im Gesicht. »Da habe ich sie sogar gepackt und geschüttelt.«

»Und dann?«

»Bin ich voller Zorn in mein Zimmer.«

»Flasche?«

»Nicht nur eine.«

»Was Hartes?«

»Immer Whiskey, seit Amerika immer Whiskey.«

»Bis zur Besinnungslosigkeit?«

Konstantin sprang erneut auf. »Verdammt, verdammt!

Ich weiß es doch nicht mehr.« Wie ein Tiger im Käfig lief er auf und ab, schlug die Fäuste gegen die Wand, haute auf den Tisch, stampfte auf den Boden. »Bestimmt hab ich ihr eine gescheuert, dann ist sie umgefallen oder so. Und dieses Seil … In der Werkstatt, da hing immer so ein langes Hanfseil …«

»Hatte sie das um den Hals, als Sie …?«

Von Villing sank zurück auf den Stuhl. »Wie soll es denn sonst gewesen sein? Es war niemand anderer da und sie ließ keinen rein. Es kann nur so …« Er begann erneut zu schluchzen. »Sie hätte sich niemals selbst … niemals!«

»Wo?«

»In der Scheune. Unter der Galerie«, stieß er mit tränenerstickter Stimme hervor.

»Und da lag nichts, worauf sie hätte stehen können? Stuhl, Bierkiste, irgendwas?«

»Nein, nichts, überhaupt nichts. Ich habe sie gefunden, ich! Da war nichts.«

»Sie könnten es übersehen haben.«

»Nein, verdammt noch mal.«

»Sie waren schockiert.«

»Nein«, schrie Konstantin, Im nächsten Moment klappte er wieder zusammen. »Ich … ich … Es kann nur so gewesen sein. Niemals hätte sie mir das angetan.«

»Okay, was haben Sie dann mit ihr gemacht?«

»Ich bin raus, raus aus der Scheune. Und wieder rein. Und wieder raus. Und wieder rein. Keine Ahnung, wie oft. Haben Sie das schon mal gesehen? Wissen Sie, wie das aussieht, wenn da jemand …«

»… hängt?«, fragte Lindt. »Schon oft gesehen, viel öfter, als mir lieb ist.«

»Schließlich haben Sie Ihre Tante abgeschnitten?«, fragte Paul Wellmann.

»Nein, nicht abgeschnitten. Ich bin hoch und habe den Knoten aufgemacht.«

»Oben an der Galerie?«

»Ja, am Geländer. Ganz vorsichtig habe ich sie runtergelassen. Bestimmt habe ich auch dort oben gestanden und habe sie hochgezogen.«

»Bestimmt?«

»Ich weiß es nicht!!!«, presste von Villing hervor. »Wie oft soll ich es denn noch sagen? Es kann nur so gewesen sein.«

»Und dann in den Schrank?«

»Hätte ich sie denn so liegen lassen sollen? Es war ihr Lieblingsstück. Wirklich wertvoll. Wirklich Barock. Den hatte sie schon viele Jahre da stehen und hätte ihn um nichts in der Welt verkauft.«

»Sie hätten Irene ja einfach dort reinlegen können.«

»Hab ich ja zuerst, aber der war nicht breit genug und wissen Sie, wie das aussah? Total schräg lehnte sie in einer Ecke. Da dachte ich, es wäre besser, wenn …«

»Die Höhe hat gereicht?«

»Sie saß ein wenig in der Hocke, als ich sie oben angeknotet hatte, aber besser aufrecht zu sitzen, als schräg in der Ecke zu liegen.«

Lindt stand auf. »Paul, komm.« Er schaute Konstantin von Villing tief in die Augen. »Ich möchte nicht, dass Sie jahrelang hier drin vergammeln.«

18

»Das hast du doch wohl nicht ernst gemeint«, protestierte Paul Wellmann, als der Dienstwagen vom Parkplatz der JVA rollte.

»Und du? Nimmst du ihm diese haarsträubende Geschichte ab?«

»Wieso nicht? Ein fürchterlicher Streit, er gibt sich die Kante, ist nach zwei Stunden voll bis zum Kragen, der Streit geht weiter …«

»Bis dahin bin ich mit dir einig, aber was geschieht anschließend? Glaubst du etwa, die Frau geht freiwillig mit in die Scheune, lässt sich das Seil um den Hals legen und in die Höhe hieven? Niemals! Paul, also bitte.«

»Muss er sie vorher halt bewusstlos geschlagen haben.« Wellmann stockte. »Nein, dann hätte die Salzmann ja am Kopf irgendwelche Hämatome gefunden.«

»Hat sie aber nicht und deshalb glaube ich immer mehr daran, dass die sich selbst aufgeknüpft hat. Überleg' mal, wie oft wir das in letzter Zeit hatten. Wäscheleine, Elektrokabel, Nylonstrumpf. Obwohl …« Lindt riss den Citroën nach rechts und hielt abrupt in einer Bushaltestelle. »Was hast du gerade eben gesagt? Voll bis zum …?«

»Kragen«, wiederholte Paul Wellmann.

»Ja, eben. Kragen, Rollkragen. Die Stoll trug einen dicken, warmen Rollkragenpullover. Ihr Neffe könnte sie bis zur Bewusstlosigkeit gewürgt haben. Wenn er seine Hände über dem Kragen und nicht direkt auf ihrer Haut hatte, findet später niemand einen Abdruck.«

»Aber da gibt es doch diese winzigen Blutungen? Augen, Mundschleimhaut, eben da, wo die kleinsten Blutgefäße platzen?«

Lindt griff zum Mobiltelefon. »Fragen wir einfach nach.«

Dr. Adelheid Salzmann hörte geduldig zu und meinte schließlich mit leicht verschärftem Unterton: »Wie darf ich Ihre Frage verstehen, lieber Herr Kommissar? Etwa so, dass ich, eine Gerichtsmedizinerin mit 38 Jahren Erfahrung im Leichenaufschneiden, meine Arbeit nicht ordentlich gemacht hätte? Hoffentlich nicht, denn sonst würde das einen großen Schatten auf unsere zukünftige Zusammenarbeit werfen.«

»Alles bloß das nicht«, antwortete Lindt. »Nichts läge mir ferner als eine solche Unterstellung.«

»Dann ist ja gut«, fuhr die Ärztin fort. »Wenn Sie fragen möchten, ob man solche winzigen Blutungen, Flohstichen nicht unähnlich, bei einer Wasserleiche mit zwei Wochen Einweichzeit feststellen kann …«

»Genau so wollte ich es formulieren«, beeilte sich der Kommissar zu bestätigen.

»… muss ich leider gestehen: Ich weiß es nicht. Exakt dieser Frage bin ich nämlich nachgegangen, doch in der Literatur konnte ich dazu überhaupt nichts finden und meine persönliche Meinung ist … Sind Sie überhaupt noch dran?«

»Selbstverständlich, Kollege Wellmann und ich hören gespannt zu.«

»Wenn Sie sich vorstellen, wie die weichen Schleimhäute ausgesehen haben nach Intensivkontakt mit dem Jauchewassergemisch …«

»Ziemlich eklig wahrscheinlich.«

»Das stimmt, aber darum geht es nicht. Sie waren braungrüngelb verfärbt, und vor allem ziemlich aufgelöst.«

»Also können Sie weder ausschließen noch bestätigen, dass ein Erwürgen dem Erhängen vorangegangen war.«

»Ich hätte es selbst nicht besser sagen können. Hautblutungen am Hals hätte ich sicher gefunden, aber wenn jemand seine meuchelnden Hände mit dem dicken Wollgestrick abgepolstert hat … keine Chance auf Druckstellen. Das ist in der Fachliteratur übrigens eingehend beschrieben.«

»Gibt es Anhaltspunkte, dass Irene Stoll möglicherweise bewusstlos war, als sie erhängt wurde?«

Die Ärztin wurde wieder spitz: »Meine Ergebnisse sind Ihnen doch zugegangen, oder?«

»Ja, sicher, aber …«

»Nichts aber! Wenn da was zu finden gewesen wäre, hätte es in meinem Bericht gestanden.«

›Knack‹ kam aus dem Lautsprecher.

»Aufgelegt«, rieb sich Lindt resigniert die Stirn. »Ziemlich empfindlich, die Gute. Legt jedes Wort auf die Goldwaage.«

»Ja, ja, gar nicht einfach, den richtigen Ton zu treffen.«

»Ich wünsche mir endlich einen männlichen Leichenaufschneider«, sagte Lindt und bog zurück auf die Straße.

Die warme gelbbraune Leuchtreklame eines Cafés ließ ihn wenig später erneut abbremsen. »Sollen wir?«

Wellmann nickte. »Jetzt werden wir zu Aufschneidern. Nicht Leichen, sondern Brötchen.«

Graziös tauchte der Kommissar Minuten später die Spitze seines Croissants in die große Tasse mit Milchkaffee. »In Frankreich ist das ja normal, aber wenn du hier ein bisschen schlürfst, gibt es gleich merkwürdige Blicke vom Nebentisch.«

»Vive la France«, antwortete Paul und biss so energisch in sein Camembertbaguette, dass der Saft der Tomatenscheiben zwei dicke, dunkle Spritzer auf dem Hemd hinterließ.

»Mist«, schimpfte er.

Lindt hingegen grinste nur und reichte ihm seine Serviette. »Was hältst du von den Gedächtnislücken unseres Insassen?«

»C2H5OH«, antwortete Wellmann. »Alkohol macht alles möglich. Widerlegen können wir ihm seine Absenzen sicher nicht. Doch vielleicht ist es ja so, dass er sich nur an ein paar kleine Bruchstücke erinnert, aber das Ganze einfach nicht zusammenbringt. Möglicherweise plagt ihn das als dunkle Ahnung?«

»Du meinst, eine Erinnerung, wegen der er fast verrückt wird, weil er nicht weiß, ob sie vielleicht nur Einbildung ist?«

»Derartiges hab ich schon gelesen«, meinte Paul.

»Also ist zumindest nicht ausgeschlossen, dass er die Wahrheit sagt. Anfangs dachte ich ja, er spielt Theater, aber zumindest seit dem Zeitpunkt, als er die Sache mit der Vaterschaft von sich aus angesprochen hat, kam er mir eigentlich recht ehrlich vor.«

»In unserer Beweisführung sind wir damit dennoch nicht vorangekommen. Eine reine Theorie ohne Indizien wird keinen Richter überzeugen.«

»Ich fasse zusammen«, wurde Lindt förmlich. »Wir wissen ziemlich sicher, dass diese skelettierten Frauen Eduard von Villing zuzuschreiben sind. Ob er in dem Bergwerk noch weitere versenkt hat, wird sich demnächst zeigen.«

»Wir wissen jedoch nicht, ob er damals seine Frau erschossen hat, und wir wissen erst recht nicht, ob Irene Stoll erhängt wurde oder ihrem Leben selbst ein Ende gesetzt hat.«

»So wie Mutter und Tochter vor mehr als 30 Jahren«, ergänzte Wellmann.

»Scio, nescio, ich weiß, dass ich nichts weiß. nichts. Der Kurze wird nicht begeistert sein.«

»Ach was, Oskar. Wenn ich denke, wie der um euch gebibbert hat, als wir nach Wolfach ins Krankenhaus gefahren sind. Da brauchst du dir wirklich keine Gedanken zu machen. Unser kleiner, netter Staatsanwalt ist so was von froh, dass Jan und du gesund hier seid. Einen Verdächtigen hat er ja bereits in Haft und die Journalisten geben erst mal Ruhe.«

»Konstantins Geständnis? Was denkst du darüber?«

»Normalerweise wird niemand freiwillig etwas zugeben, was man ihm nicht nachweisen kann. Aber dieser Kerl? Dem traue ich alles zu, nur kein normales Verhalten. Dass der absolut am Ende ist, das sieht ja ein Blinder.«

Lindts Handy vibrierte. »Jan, wir sind noch in Bruchsal«, sprach er leise in das Mikrofon. »Wir sind hier nicht alleine. Ich kann dir zuhören, aber nicht viel sagen.«

»Kein Problem, Chef. Ich wollte nur melden, dass ich

einen Bruder ausfindig gemacht habe. Die erschossene Luise von Villing ist eine geborene Ott und stammt aus Ziegelhausen. Der Bruder wohnt noch dort und heißt Karl-Adolf. Soll ich die Adresse per SMS schicken?«

»Okay«, antwortete Lindt. »Wir fahren gleich weiter. Ein Stück in diese Richtung haben wir ja bereits.«

Ein Stau am Walldorfer Kreuz kostete die Kommissare eine halbe Stunde, anschließend erreichten sie zügig die Kurpfalz.

Die angegebene Straße im Heidelberger Stadtteil Ziegelhausen fanden sie schnell, die Hausnummer 28 schien jedoch nicht zu existieren. Also fragten sie eine Passantin, die ihren Einkaufstrolli hinter sich herzog.

»Zu wem? Ach, zum Kao?«

»Nein, Karl-Adolf Ott.«

»Sag ich doch. ›K-A-O‹, so nennen den hier alle. Das kommt von früher, als er unser Briefträger war.«

»Ach so, der Kao bringt die Post.« Lindt verstand. »Wo finden wir ihn denn?«

Die Frau zeigte zu den Häusern auf der gegenüberliegenden Straßenseite. »Dort zwischendurch. Der wohnt dahinter.«

Die Kommissare ließen den Wagen stehen und überquerten die Fahrbahn. Ein rückseitiger Anbau der Nummer 26 trug eine eigene Hausnummer.

Der dicke Kopf einer vermutlich recht korpulenten Frau Anfang 70 schob sich im ersten Stock durch ein kleines Fenster. »Ja, bitte?«, kam recht freundlich von oben.

»Ist der Herr Ott zu sprechen?«

Ohne zu fragen, wer da vor der Haustür stand, rief sie nach innen und zwar so laut, dass es sogar im übernächsten Vorgarten zu hören sein musste: »Kao, da sind zwei Männer, die wollen zu dir.« Sofort summte der Türöffner.

Karl-Adolf Ott stand oben an der Treppe. »Sie können gerne hochkommen. Meine Knie sind nicht mehr ganz so fit.«

Lindt und Wellmann folgten der Einladung und wiesen sich aus.

»Au, Polizei?«, sagte die Frau, die den Türrahmen in der Breite vollständig ausfüllte, jetzt deutlich leiser. »Ich wüsst' net, dass wir was angestellt hätten.«

»Keine Sorge«, beruhigte sie Lindt. »Nur ein paar Fragen.«

Das Ehepaar ging voraus ins Wohnzimmer. Nebeneinander auf dem Sofa sitzend bot das ungleiche Paar einen erheiternden Anblick. Der von der täglichen Bewegung schlank gebliebene ehemalige Postbote saß deutlich erhöht neben seiner schwergewichtigen Gattin, die tief in die abgewetzten Polster eingesunken war.

»Es geht um Ihre Schwester«, kam Lindt gleich zur Sache.

»Sie wollen doch nicht sagen, dass sie den endlich eingesperrt haben?«, antwortete die Frau, obwohl Lindt Kao angeschaut hatte.

»Wen meinen Sie denn?«

»Ha, den Eduard natürlich, diesen ... diesen, ach ich sag's lieber net, aber der hat die Luise 100-prozentig auf 'm Gewissen.«

»Bisher konnten wir ihm leider nichts nachweisen.«

»Schad', wirklich schad'.« Die Enttäuschung stand ihr ins Gesicht geschrieben. »Ich sag Ihnen, das war kein anderer. Der hat seine Frau totg'schossen. Niemand sonst. So ein unangenehmer Kerl.«

»Sie mögen ihn nicht«, stellte der Kommissar fest.

Jetzt antwortete Kao: »Ich hab ihn schon damals nicht leiden können, aber sein Geld, das viele Geld, das hat die Luise halt angezogen. Da musste sie natürlich nicht so bescheiden wohnen, so wie wir hier.« Er erhob sich, ging zu der Anrichte, auf der ein alter Fernseher stand, und kam mit einem gerahmten Bild zurück. Ein schmales Trauerband zog sich über die linke Ecke. »Das war sie, die Luise, meine Luise, meine einzige Schwester.«

Lindt nahm das Bild in die Hand und betrachtete die Fotografie. »Hübsch«, sagte er, »wirklich hübsch und noch ziemlich jung. War sie zu der Zeit schon mit dem …«

»Nein, nein, das war lange vor ihrer Hochzeit«, antwortete der Mann. »Die hätt' jeden haben können, so wie sie damals ausgesehen hat. Sie wollt' halt raus aus unserem einfachen Leben und da kam ihr der grad recht.«

Erneut ging er zu dem niedrigen Schränkchen hinüber, kam mit einem Album zurück und legte es vor die Kommissare auf den Couchtisch. »Da, sehen Sie, wie sie sich verändert hat. Reich war sie ja nach ihrer Hochzeit, aber glücklich net. Auf keinen Fall, auch wenn sie bei uns immer mit dem Mercedes-Sportwagen vorgefahren kam.«

Lindt zeigte auf eines der Fotos. »Sie haben recht. Wenn man die Gesichter vergleicht – glücklich sieht anders aus.« Er hielt das gerahmte Bild daneben.

»Gell, Sie sehen es auch«, meinte die Frau vom Sofa her. »Wie Tag und Nacht.«

»Und das da«, zeigte Kao auf eine andere Fotografie, »das ist der Eduard. Den hat man hier nie zu Gesicht bekommen. Mit uns normalen Menschen wollte der nichts zu tun haben.«

»Ah ja, damals noch ohne Bart. Wenn man eine Weile hinschaut, erkennt man ihn.«

»Dem müssen Sie nur in die Augen schauen, zum Fürchten, sag ich Ihnen. Den Blick vergessen Sie nie mehr.«

»Auf Frauen soll er mächtig Eindruck gemacht haben.«

»Bestimmt net auf alle«, zischte die dicke Frau.

»Das da«, Kao tippte auf das Foto daneben, »das sind die Luise und der Eduard mit ihrem Sohn, dem Konstantin. Da kam er grad in die Schul. Mordsg'scheit, der Bub. Hat sogar in Amerika studiert, aber dann … Na, das wissen Sie sicher aus der Zeitung.«

Lindt nickte. »Leider.« Sein Blick blieb an einem anderen Bild hängen. »Und diese vier?«

Kao stellte sich neben den Kommissar. »Das hat sie uns mal aus dem Urlaub geschickt. Rio de Janeiro, Copacabana, weißer Strand und Palmen. Die konnten sich halt was leisten. Die andere Frau da ist dem Eduard seine Schwester, die Irene. Wir haben die nur ein Mal gesehen.«

»Ja, bei der Hochzeit und seither nie mehr«, kam vom Sofa her.

Lindt rieb sich die Augen und setzte seine Lesebrille auf. »Dann ist das hier der Mann von dieser Irene?«

»Ja, ja, der Stoll, der Otto. Lebt schon lange nicht mehr. Hat anscheinend mal einen Unfall g'habt. Genauer wissen wir das net.«

Lindt schob das Album zu Paul Wellmann. »Denkst du, was ich denke?«

Wellmann sah es auf den ersten Blick. »Eindeutig, Oskar. Ganz offensichtlich.«

»Gibt es denn noch mehr Bilder, auf denen die Schwester drauf ist?«

Kao verneinte. »Leider ist das hier das einzige. Wie g'sagt, mit denen hatten wir ja gar nichts …«

»Ob Sie uns das Foto ausleihen würden? Sie bekommen es selbstverständlich zurück. Und diese beiden da vielleicht auch?«

»Selbstverständlich.« Kao bog die Bilder aus den Fotoecken und gab sie Lindt. »Wenn es Ihnen weiterhilft.«

Die Kommissare standen auf.

»Aber was wollten Sie uns denn fragen?« Die Frau war erstaunt.

»Danke«, streckte Lindt ihr die Hand hinüber. »Danke, Sie haben uns schon sehr geholfen. Leider können wir Ihnen im Moment nicht mehr dazu sagen.«

»Nichts ist, wie es scheint, Paul«, meinte Lindt auf der Heimfahrt.

»Wenn das stimmt, bekommen unsere Ermittlungen ab sofort eine komplett andere Richtung. Ich hab's auf Anhieb gesehen.«

»Lässt sich diese Theorie auch beweisen?«

»Gib's zu, du denkst schon wieder an den Friedhofsbagger.«

Lindt schwieg eine Weile, dann überlegte er laut: »Du weißt ja, ich will alles immer sehr genau wissen.«

»Und den Staatsanwalt würde die DNA natürlich mehr überzeugen als ein altes, verblichenes Foto.«

Tilmann Conradi war nicht der Typ für spektakuläre Aktionen. Der Kurze ging lieber vorsichtig zu Werke und überlegte dreimal öfter als andere seiner Kollegen, wenn er die Genehmigung für eine Exhumierung beantragte.

»Lassen Sie mir die Bilder da«, bat er, als die beiden Kommissare am späten Nachmittag zu ihm ins Büro kamen. »Wenn Sie tatsächlich recht haben, ergeben sich vollkommen andere Zusammenhänge.«

Es dauerte nur eine Stunde. Gegen halb sechs brachte Conradi die Fotografien zurück. Wie üblich brauchte er nur zum Kaffeeautomaten zu schielen und einer aus Lindts Team stellte sofort den großen weißen Becher mit der aufgemalten Justitia unter den Ausgießer. Die Kaffeebohnen, die Lindt von einer kleinen Rösterei bezog – aus biologischem Anbau und fairem Handel, wie er bei jeder Gelegenheit betonte –, brachten nach Meinung des Kurzen das Nonplusultra an Genuss. Leider war es ihm bislang nicht gelungen, die Kaffeegemeinschaft in der Staatsanwaltschaft für diese teuren Bohnen zu begeistern – folglich kam er äußerst gerne zu Besprechungen im Polizeipräsidium vorbei.

»Sie können loslegen«, verkündete Conradi.

»Prima«, freute sich Lindt. »Wir haben bereits alles organisiert. Ein Anruf und morgen früh um halb acht stehen wir auf dem Hauptfriedhof.«

Er führte Buch darüber. Lindts Quote bei Exhumierungen lag bei 2:27. Nur zwei Fehlschläge hatte er in seinen ganzen Dienstjahren zu verzeichnen gehabt. 27-mal war die Störung der Totenruhe absolut gerechtfertigt gewesen.

Auch in diesem Fall rechnete er mit einem Volltreffer, als der Löffel des kleinen Baggers sich in das knapp 17 Jahre alte Grab absenkte, um vorsichtig die Bepflanzung abzuheben. Danach ging es tiefer und tiefer, bis er endlich auf Holz stieß. Der Kommissar bestellte beim Friedhofsamt immer ausdrücklich denselben Maschinisten, denn der erledigte die unangenehme Tätigkeit so geschickt, flink und sauber, dass nur extrem wenig Handarbeit nötig war.

Lindt war mit dem schnellen Fortschritt sehr zufrieden. Beim Herumstehen begann er zu frieren, denn ein kalter Nord-Ost pfiff seit dem frühen Morgen durch das Rheintal. Brütend heiße Sommerhitze war ihm ein Gräuel, doch diesen schneidenden Wind vertrug er ebenso wenig. Er ging durch Mark und Bein. Vielleicht war es die Erinnerung an die grausige Kälte im Silberstollen, vielleicht auch an die eisige Stimmung im steinernen Todeshaus von Knielingen.

Oskar Lindt hatte sich gewappnet, doch lange Unterhosen, gefütterte Lodenjacke und dicke Winterstiefel boten dem Wind nur eine Zeit lang Widerstand. Nach einer Dreiviertelstunde trat er von einem Bein aufs andere, schlug den Kragen hoch und zog sich die Wollmütze tiefer über die Ohren. Keine Chance, der Kälte zu trotzen. Er sah nur einen Ausweg, er musste sich bewegen. Die erstaunten Blicke der Kollegen ignorierte er und verließ wortlos den Ort der Exhumierung.

Der Kommissar schritt zügig aus. Am frühen Morgen waren nur wenige Besucher auf dem Friedhof unterwegs und so wurde sein Gedankenstrom kaum abgelenkt.

Angenommen, überlegte er, angenommen, das Labor bestätigte die Theorie durch die DNA-Analyse, dann kamen völlig neue Tatmotive ins Spiel. Neue Motive und neue Verdachtsmomente.

Er bog in einen schmalen Seitenweg ein. Doch was nützten die ganzen Vermutungen ohne schlüssige Beweise?

Sollte er Konstantin von Villing brutal in einer harten Vernehmung mit diesen Überlegungen konfrontieren? Auch wenn von Villing bei der letzten Befragung einen recht glaubwürdigen Eindruck hinterlassen hatte, so war bisher sicherlich nur die Spitze des Eisberges zu sehen. Ein kalter Eisberg, dessen wahre Ausmaße Lindt momentan nur ahnte. Wie konnte er sie sichtbar machen?

Von Villing hatte mit Sicherheit noch nicht alles preisgegeben, was er wusste. Wie konnte man es aus ihm herauslocken?

Lindt stampfte mit dem Fuß auf. »Zum Verrücktwerden!«, ärgerte er sich lautstark. Erschrocken flüchtete ein dunkelbraunes Eichhörnchen auf eine hohe, alte Buche und schimpfte erbost aus sicherer Höhe zurück.

»Ja, ja«, rief der Kommissar hinauf. »Du hast es gut. Jetzt Nüsse sammeln und in ein paar Tagen ab in den Winterschlaf.«

Okay, irgendwann zwischendrin aufwachen und mühevoll im gefrorenen Boden die versteckte Nahrung ausbuddeln, war ja nicht besonders angenehm, doch was wusste so ein kleines Tier schon von der bösen Menschheit? Es würde sich völlig unbeschwert auf einen Ast setzen und die ausgegrabenen Haselnüsse knacken.

Insofern glichen sie sich wieder, der füllige Kommissar und das schlanke Hörnchen. Knacken, sagte er zu sich. Sie müssten ihn richtig knacken. Bisher hatten sie es ihm ja nur angedroht und sich recht nett und anständig mit ihm unterhalten, aber nun musste es sein. In die Mangel nehmen, unter Druck setzen, so lange, bis die Schale zerbrochen war und der Kern frei lag. Wie einen Schutzpanzer trug er diese harte Hülle. Wogegen musste er sich schützen? Gegen seinen Vater, der nicht sein Vater war? Gegen sein ganzes Leben, das seit Jahren abwärts führte? Gegen ein Familiengeheimnis, bei dem sie gerade dabei waren, es zu lüften?

»Knacken«, sagte Lindt zu Paul Wellmann, als er zurück war und in das offene Loch hinabsah. »Seine harte Schale hat schon einige Risse. Uns fehlt nur das richtige Werkzeug, sie vollständig zu öffnen.«

Wellmann verstand sofort, worüber der Kommissar sprach.

Die Grube konnte recht schnell wieder verfüllt werden, denn die Kriminaltechnik nahm nur einige wenige Proben von den Gebeinen und gab bereits nach einer Viertelstunde das Zeichen: »Wir sind fertig.«

Bereits gegen 10 Uhr waren sämtliche Spuren beseitigt

und die Grabstelle sah aus, als wäre sie lediglich vom Gärtner neu bepflanzt worden.

»Eine Feuerbestattung hätte unsere Pläne durchkreuzt«, meinte Paul Wellmann später im Präsidium.

»Glück gehört halt auch zu unserem Geschäft«, antwortete Oskar Lindt und überlegte, wie das weitere Vorgehen aussehen sollte.

Leider traf in diesem Moment eine traurige Nachricht ein. Trödel-Willi war am frühen Morgen nach mehrtägigem Koma im städtischen Klinikum verstorben. Die Neurochirurgie hatte wieder einmal ihre Grenzen erkennen müssen und es trotz aller operativen und intensivmedizinischen Bemühungen nicht geschafft, ihn am Leben zu erhalten.

Jean Hambacher und der von ihm angeheuerte Schläger hatten jetzt langjährige Gefängnisaufenthalte zu erwarten.

Völlig unbekannt war bisher der Verbleib des Land Rover Discovery, den Irene Stoll gefahren hatte. »Jede Wette, den hat dieser Radko auch auf den Balkan verschoben«, mutmaßte Jan Sternberg. Dieses Geheimnis sollte nie aufgeklärt werden.

19

Lindt fühlte sich unwohl. Hatte er doch noch ein spätes Souvenir aus dem alten Bergwerk zu erwarten? Oder kam die Schniefnase vom kalten Friedhofswind? Er spürte, dass er etwas Ruhe benötigte. Paul hatte Verständnis. »Man sieht es dir an, Oskar. Mach mal Pause.«

Telefon umstellen, Schild ›Vernehmung – Nicht stören‹ an die Tür, Beine auf den Besucherstuhl, Schreibtischsessel in Rückenlage und Augen zu. Lindt war völlig erschöpft. Er brauchte keine Minute, um einzuschlafen.

Zwei Stunden lang war er vollkommen weggetreten. Ab und zu drang ein Schnarcher aus seinem leicht geöffneten Mund. Fest und traumlos schlief er. Wirklich traumlos?

Plötzlich schoss er in die Höhe, fuchtelte wild abwehrend mit den Händen vor seinem Gesicht herum, stieß einen lauten unartikulierten Schrei aus – »Bäääh« – und riss die Augen auf.

Besorgt öffnete Paul Wellmann die Tür. »Oskar?«

Lindt saß völlig verwirrt auf seinem Stuhl. »Dieses Vieh«, stammelte er. »Es wollte mich … Es hat mich … Und dieser Gestank aus dem Maul! Pfui bäh!« Mit zitternden Fingern zog er sein Taschentuch hervor und fuhr sich über das Gesicht. »So eine Sauerei! Wie hinten drin in diesem Geländewagen … Nicht nur der Sabber … Es hat mich abgeschleckt. Aber nicht nur einmal, nein, dauernd, immer wieder, es wollte gar nicht aufhören.« Lindt sprang in die Höhe, stürzte ans

Waschbecken, drehte den Hahn auf, hielt sein Gesicht in den Wasserstrahl. Dann schüttelte er sich.

»Genau wie ein nasser Hund«, grinste Paul Wellmann.

»Hör mir bloß auf mit diesem Köter. Der wird mich wohl bis ans Lebensende verfolgen.«

»Gebissen hat er uns immerhin nicht, nur ein wenig geknurrt«, rief Jan Sternberg von draußen rein. »Wir nehmen selbst einen, wenn unser Haus fertig ist.«

»Und ich, wenn der Ruhestand kommt«, antwortete Lindt. »Allerdings nicht so was Riesiges. Vielleicht einen Dackel.«

»Rauhaar?«, grinste Sternberg. »Dasselbe in klein.«

Lindt baute sich vor ihm auf. »Frechheit!« Er überlegte laut: »Wieso träume ich jetzt ausgerechnet vom Hund und nicht von seinem Herrn? Wo ist er denn eigentlich? Jan, Spezialauftrag: Sofort rausfinden, ob sich diese Töle noch im Tierheim befindet.«

Sternberg sprang auf. »Prima, Chef. Dienstreise ins Tessin. Darf ich Sie umarmen?«

Lindt trat einen Schritt zurück. »Nein! Nicht! Noch einer, der mich ablecken will! Dort steht das Telefon und da dein Rechner. Ruf an oder schick eine Mail.«

»Schade. Und ich dachte schon …« Mit gespielter Enttäuschung setzte sich Jan an seinen Schreibtisch. »Aber Chef«, sagte er gleich darauf, »da sprechen die doch Italienisch.«

»Genau deswegen ist es ja ein Spezialauftrag. Los, frisch ans Werk!«

Sternberg hatte Glück. Glück und einen guten Einfall. Schnell durchforstete er den Maileingang der vergangenen

Tage und fand tatsächlich, was er gesucht hatte. Ein paar Mausklicks später tippte er drei Zeilen in das Formular auf dem Monitor.

»Fertig«, meldete er. »Jetzt müssen wir nur noch auf die Antwort warten.«

»Was? Willst du mich ver…?«

»Niemals, Chef. Schauen Sie mal hier. Die Meldung über das in Bellinzona gefundene Auto kam auf Deutsch, also werden die da unten im Tessin meine Anfrage bestimmt lesen können.«

Der Anruf kam bereits nach einer Dreiviertelstunde und auf Deutsch, besser gesagt auf Schwyzerdütsch. »Schweizer Bundeskriminalamt. Kommissariat Lugano. Bitte den Leiter der Mordkommission.«

»Ich verbinde Sie mit Hauptkommissar Lindt.«

Sternberg wollte den Hörer weitergeben, da fragte der Anrufer aus dem Tessin irritiert: »Wie sagten Sie? Lindt, etwa Oskar Lindt? Lindt, wie die Schokolade?«

»Exakt«, antwortete Jan. »Steht direkt neben mir. Ich schalte den Lautsprecher an.«

»Oskar, alter Schlawiner«, tönte es durch den Raum. »Dass wir noch einmal dienstlich miteinander zu tun haben.«

»Das gibt's ja gar nicht, das kann ja nur … Waldi, bist du das etwa?«

»Ja, genau der! Mich hat's von Kreuzlingen auf die Sonnenseite der Schweiz gezogen.«

»Und mich von Konstanz zurück in meine Heimat Karlsruhe«, antwortete Lindt. »Von Sonne können wir hier seit Wochen allerdings nur noch träumen. Nebel oder Regen.«

»Ja dann, setz dich ins Auto. Du musst sowieso kommen, damit wir wieder mal eine grenzüberschreitende Ermittlung durchführen können. So wie früher am See. Obwohl, damals haben wir ziemlich oft im ›Blauen Hecht‹ ermittelt.«

»Halt, halt, keine Interna. Die Kollegen hören mit. Jetzt schieß mal los. Was treibt dich an mein Ohr?«

»Eure Anfrage natürlich, was denn sonst. Ihr hattet den richtigen Riecher. Der Hund ist weg. Eine Bäuerin hat ihn aus dem Tierasyl geholt. Wachhund für ihren abgelegenen Hof.«

»Schade«, sagte Lindt. »Und ich dachte schon, wir hätten vielleicht …«

»Was? Eine heiße Spur? Ja, natürlich. Glühend heiß. Die Tierpflegerin hat uns die Adresse rausgesucht. Was draufstand, war absolut falsch. Diese Anschrift gibt's im ganzen Tessin nicht. Das stinkt gewaltig. Oder was meinst du?«

»Mann, dass der so unvorsichtig ist«, entfuhr Lindt. »Hat wohl gedacht, wenn er das Auto am Bahnhof Bellinzona abstellt und den Hund dort lässt, meint jeder, er hätte sich mit dem Zug nach Italien abgesetzt. Garantiert hält er sich bei euch versteckt. Sucht nach einem einsamen Hof. Irgendwo vollkommen abgelegen, total unzugänglich. Dort hockt er – jede Wette. Er steht auf Einöde. Mit dem hab ich noch ein ganz persönliches Hühnchen zu rupfen.«

Lindt stellte das Telefon in sein Büro um und erzählte dem Kollegen, was geschehen war.

»Was, ihr habt euch überrumpeln lassen? Das wäre dir früher nicht passiert.«

»Ach, streu kein Salz in meine Wunden. Hab schon genug

für meine Unvorsichtigkeit gebüßt. Weißt du, wie kalt es in einem Bergwerk sein kann? Furchtbar, mich friert's noch immer.« Ein Schauer lief ihm über den Rücken.

»Ich kann mitfühlen, Oskar. Drei Tage im Biwaksack auf dem Monte Rosa. Schneesturm im Juli. Glaub mir, ich weiß, wie die Engel singen.«

»Selbst schuld, wenn du ihnen so weit entgegenkletterst.«

»Du bist immer noch der Gleiche. ›Sport ist Mord‹, oder?«

»Ich hab mich gewaltig geändert. Manchmal fahr ich sogar mit dem – wie heißt das bei euch in der Schweiz –, ja, mit dem Velo.«

»Berge gibt's ja nicht in deinem schönen Karlsruhe, alles eben, oder?«

»Komm, lass uns lieber überlegen, wie wir diesen von Villing fangen können. Ein Bild habt ihr ja von ihm. Hast du es vorliegen? Siehst du die Augen? Schwarz, grausig schwarz. Ein Blick wie direkt aus der Hölle. Passt bloß auf. Furchtbar, dieser Kerl.«

»Wenn wir nur wüssten, wo wir suchen sollen. Kannst du dir vorstellen, wie viele abgelegen Höfe es hier gibt? Unzählige kleine Seitentäler. Jede Menge einsamer Häuser, viele unbewohnt und halb verfallen. Alles nur zu Fuß zu erreichen. Um die abzuklappern, brauchen wir Jahre. Und jetzt steht der Winter vor der Tür.«

»Ihr schafft das schon. Jeder Mensch hinterlässt Spuren. Es kommt nur darauf an, sie so schnell wie möglich zu finden. Und Vorsicht, bewaffnet ist der auf jeden Fall. Hat nichts mehr zu verlieren.«

Waldemar Küttel versprach, sein Möglichstes zu tun. »Oskar, für dich setzen wir Himmel und Hölle in Bewegung.«

»Waldi, der Himmel reicht. Die Hölle wird er euch bereiten.«

Nach diesem Telefonat zog Lindt seine dicke Jacke an. »Den Rest des Tages mach ich frei. Überstunden abbauen. Die aus dem Silberstollen.«

Er schaute zu Wellmann und Sternberg. »Was ist mit euch? Wollt ihr hier Wurzeln schlagen? Wenn's pressiert, ruft uns die Zentrale sowieso auf dem Handy an.«

Sie ließen ein total verwaistes Kommissariat zurück, verdonnerten einen der Unterstützungsbeamten zur Telefonbereitschaft und entschwanden in alle Himmelsrichtungen.

Jan in die Pfalz, um mit der Hausrenovierung voranzukommen, Paul ins Albtal, wo er die Arbeit an seinen Bienenvölkern fortsetzte, und Oskar nach Baden-Baden, um es sich zusammen mit Carla in der Caracalla Therme richtig gut gehen zu lassen.

»Wellness im Alltag«, sagte er zu ihr am Telefon. »Außerdem muss ich mich jetzt endlich mal richtig durchwärmen lassen.«

Tatsächlich wurden sie an diesem Tag nicht mehr gestört.

Der Mittwochmorgen begann gleich mit einem Erfolg. KTU-Chef Ludwig Willms hatte die Auswertungen der DNA-Analyse bekommen. »Oskar, ihr hattet recht. Das Labor bestätigt eure Vermutung. 100 Punkte! Bravo!«

Lindt legte ihm die Kopie von zwei älteren Fotos auf den Tisch. »Da wärst selbst du drauf gekommen.«

Willms schaute sich die Bilder intensiv an. »Verblüffend.«

»Jetzt geht es nur noch drum, wer von den beiden das stärkste Motiv hatte«, fuhr der Kommissar fort, nahm einen roten Filzstift und zeichnete einen Kreis um den Kopf einer der Personen. »Mein persönlicher Tipp.«

Willms war nicht überrascht. »Es spricht einiges dafür, dass du recht hast.«

»Es spricht sogar sehr viel dafür, dass ich recht habe, mein Lieber. Vor allem mein Gefühl. Du weißt ja, wo das sitzt. Und im Übrigen …«

»… hast du immer recht«, lachte Willms und kniff seinem Kollegen wieder einmal blitzschnell in den Bauch.

»Au!«

Nach dieser erfreulichen Nachricht begannen die Kriminalbeamten mit der Planung.

»Wir brauchen vorab den Franzosen«, bestimmte Lindt und beauftragte Jan Sternberg, mit der Straßburger Police Judiciaire zu verhandeln.

Paul Wellmann kümmerte sich um die Justizvollzugsanstalt in Bruchsal und Lindt selbst wählte von seinem Schreibtisch aus eine Nummer mit der Vorwahl 0041.

Waldemar Küttel war direkt am Apparat. »Oskar, wir haben ihn noch nicht, aber es gibt trotzdem gute Nachrichten.«

»Ich bin ganz Ohr.«

»Die Mitarbeiterin des Tierheims hat uns eine optimale Beschreibung gegeben.«

»Was, von diesem Köter? Die hätte ich selbst liefern können. Den spüre ich immer noch hautnah neben mir.«

»Nicht vom Hund, von dem hatte sie sogar ein Foto in der Kartei. Von der Frau natürlich, die ihn geholt hat. Außerdem hat sie gesehen, mit welchem Auto die beiden davongefahren sind. Das Kennzeichen hat sie sich natürlich nicht gemerkt, aber es muss wohl ein blauer Subaru Forester gewesen sein.«

»Ein Allrad also. Von denen wird es bei euren steilen Bergstraßen ja genügend geben.«

»Jede Menge, aber nicht in blau. Da sind wir dran.«

»Na also, geht doch.« Lindt freute sich Lindt. »Das hört sich richtig gut an.«

Genau zu dieser Zeit wurden zwei Beamte der Tessiner Polizei fündig. Im Hof eines abgelegenen Wirtshauses begutachteten sie einen Subaru Forester. »Waren Sie mit Ihrem Auto vor ein paar Tagen mal in Bellinzona?«, wollten sie vom Küchenchef wissen.

»Wieso, was ist passiert?«

»Verkehrssache, Unfallflucht. Blaue Lacksplitter sind gesichert worden.« Diese Begründung für die Suche war zwar erfunden, aber notwendig, um den wahren Hintergrund zu verschleiern.

»Mein Wagen ist nicht beschädigt, das sehen sie doch selbst. Außerdem war ich seit bestimmt zwei Wochen nicht mehr dort.« Er überlegte: »Obwohl … Da fällt mir ein, die

Anni, die hatte ihn mal geliehen, um ihren neuen Hund zu holen.«

»Arbeitet die auch hier?«

»Nein, nein.« Der Koch zeigte auf den schäumenden Bergbach, der am Wirtshaus entlangfloss. »Die Anni ist eine Deutsche, so eine Aussteigerin. Die lebt schon ewig ganz weit droben im Tal, da, wo dieses Wasser herkommt. Allerdings führt keine Straße hin. Nur der Fußpfad dort. Mindestens zwei Stunden von hier. Direkt durch die Klamm.«

»Was? Zwei Stunden zu Fuß? Zum Glück müssen wir sie nicht befragen«, verabschiedeten sich die Polizisten und drehten nochmals eine Inspektionsrunde um das Auto. »Kein Schaden an Ihrem Wagen zu erkennen. Es gibt ja noch mehr blaue Forester. Müssen wir eben weitersuchen.«

Nach ein paar hundert Metern war der Streifenwagen außer Sichtweite des Gasthauses. Nur ein kurzer Funkspruch: »Treffer!«

Waldemar Küttel zog die unterste Schublade seines Schreibtisches auf und suchte eine Landkarte heraus. Mit vier Magneten befestigte er sie an der großen Wandtafel und griff umgehend zum Telefon.

»Es geht nur vom Nachbartal aus.« Küttel markierte die Route mit einem gelben Leuchtstift und erklärte seinem Kollegen: »Bis hier können wir maximal fahren, dann zu Fuß.«

Bereits wenige Minuten später startete ein schwarzer Toyota Land Cruiser vom Hof des Kommissariats. Nach der Fahrt auf einer holprigen Forststraße stellten die Kriminalbeamten ihren geländetüchtigen Dienstwagen neben einer verlassenen Almhütte ab. Menschen und Vieh waren längst im Tal.

Waldemar Küttel und sein Kollege machten sich fertig, schnürten ihre schweren Bergstiefel und schulterten die Rucksäcke.

Von der Hütte aus führte ein steiler Pfad durch den lichten Bergwald nach oben. Wortlos starteten die beiden Bergkameraden, die zusammen bereits einige Viertausender bestiegen hatten, ihre Tour. Dieses Mal waren nicht die vor ihnen aufragenden felsigen Gipfel das Ziel, sondern eine kleine Senke zwischen den Bergen.

Dank guter Kondition bewältigten sie den Anstieg durch den Wald und über das anschließende Geröllfeld bis zum frühen Nachmittag. »Halb zwei.« Küttel schaute auf die Uhr. »Wenn wir Glück haben, brauchen wir die Stirnlampen nicht für den Rückweg.«

Direkt auf dem Bergrücken ließen sie sich hinter zwei großen Felsbrocken nieder. Küttel zog ein grün gummiertes Teleskop-Fernrohr auseinander und brachte es auf dem querliegenden Rucksack in Stellung. Peinlich genau achtete er darauf, dass kein Sonnenstrahl auf das dunkel schimmernde Objektiv fallen und durch eine Reflexion ihren Auftrag gefährden konnte.

Das Bild in der 25-fachen Vergrößerung zeigte Idylle pur. Der einsame Berghof auf der Gegenseite des engen Tales lag im vollen spätsommerlichen Sonnenschein. Eine Ziegenherde graste oberhalb des Hauses und aus dem Schornstein stieg Rauch auf.

»Observation heißt warten«, meinte Waldemar. »Das ist für uns ja nichts Neues.« Abwechselnd spähten sie durch das Fernrohr. Lange Zeit blieben Ziegen die einzigen Lebewesen in ihrem Blickfeld.

Es dauerte eine Dreiviertelstunde, bis jemand aus dem Haus trat. Schnell schraubte Küttel einen Adapter an das Okular und montierte eine digitale Spiegelreflexkamera daran. Jetzt war der Blickwinkel des Fernrohrs auf dem Display des Fotoapparats zu sehen. »Weiblich«, stellte er fest. »Hält einen Korb in der Hand. Entfernt sich vom Haus. Ah, sie geht zu den Bäumen dort. Natürlich, das Fallobst.«

Zehn Minuten beobachteten sie die Frau, wie sie sich immer wieder bückte und Apfel für Apfel in den Korb warf.

Plötzlich erschien eine weitere Person. »Endlich.« Er drehte am Fernrohr und stellte die Vergrößerung auf die höchste Stufe: 50-fach. »Mann … Mann und Hund!«

»Der Hund passt.« Sein Kollege reichte ihm das Foto aus dem Tierheim. »Aber der Mann? Einen weißen Bart hat der jedenfalls nicht.« Das Bild, das Jan Sternberg in die Schweiz gemailt hatte, lag vor den Lauernden auf dem Rucksack.

»Abrasiert? Das Alter könnte passen. Ein Jüngling ist der da drüben jedenfalls nicht.« Küttel betätigte den Auslöser. Immer und immer wieder.

»Schwer zu sagen, ob es dieser Eduard von Villing ist. Blöde Mütze, die er aufhat.«

»Vielleicht fällt sie ihm ja mal vom Kopf, wenn er sich bückt.« Das passierte nicht, doch ein tief hängender Zweig des Apfelbaumes meinte es gut mit ihnen. Als die Mütze daran hängen blieb, drückte Küttel auf den Knopf. Zehn Bilder gelangen ihm, ehe die Kappe wieder auf dem Schädel saß.

Küttel war zufrieden. »Ja! Das war gut! Hol das Notebook.«

Ruckzuck war eine Kabelverbindung zwischen der Kamera und dem Tablet-PC hergestellt. Als sie dessen Monitor abgeschattet hatten, konnten sie die Fotos erheblich besser betrachten als auf dem viel kleineren Kameradisplay. Ein paar Mausklicks und die fünf besten Bilder waren über die eingebaute UMTS-Card unterwegs nach Karlsruhe.

Küttel zog sein Mobiltelefon aus der Brusttasche und wählte eine Nummer. »Oskar, schnell an den PC. Schaut euch unsere Fotos an.« Er legte auf.

Bereits zwei Minuten später meldete sich Lindt: »Bravo, das ist er. Zwar ohne Bart, trotzdem sind wir uns einig. Ihr habt ihn.«

»Bisher nur als Bild«, antwortete Waldemar, »den Rest hab ich vorbereitet.«

»Seht euch bloß vor. Du weißt ja, wie es uns ergangen ist. Der Kerl schießt scharf.«

»Wir auch, Oskar. Aber keine Sorge, wir bringen ihn dir lebend.«

Gegen halb drei in der Nacht schlug der Hund an. Schlaftrunken zog die Bäuerin des Berghofes die Gardine ihres Schlafzimmerfensters zur Seite. Entsetzt schrie sie auf: »Es brennt! Der Geißenstall! Schnell, komm!« Im Nachthemd rannte sie barfuß die Treppe hinunter und riss die Haustür auf. Der Mann, nackt bis auf eine Unterhose, folgte dicht hinter ihr.

Flackernder Feuerschein erhellte den Nachthimmel.

Die vier schwarzgekleideten Gestalten im Schatten der Hauswand hatten leichtes Spiel.

»Fertig!«, hallte es durch die Nacht. Das Feuer erlosch.

Der große graue Hund gab wütend Laut, aber er traute sich nicht, zuzubeißen.

Der Rest der Nacht verlief ruhig. Während die Bewohner, die Hände mit Kabelbindern auf den Rücken gefesselt, bewacht am Kachelofen saßen, durchsuchten sechs Mann des Einsatzkommandos das Haus. Der Revolver, Kaliber .44 Magnum, lag im Nachttisch.

Der Hubschrauber landete beim ersten Tageslicht. Er musste zweimal fliegen, um die Gefangengenommenen und alle vermummten Polizisten nach Lugano zu bringen.

Die Besitzerin des abgelegenen Hofes wurde nach einer mehrstündigen Vernehmung wieder auf freien Fuß gesetzt. Hinter Eduard von Villing dagegen schloss sich eine massive Zellentür.

Oskar Lindt war entsetzt. »Was?«, stammelte er. »Ihr habt was …? Ihr habt den Stall angezündet? Ihr seid wohl nicht ganz bei Trost?«

Waldemar Küttels Stimme kam beruhigend durchs Telefon: »Ich sagte doch – keine Sorge. Natürlich war das Feuer ein paar Meter hinter der Rückwand. Reisig sammeln während des Anmarschs, ein halber Liter Sprit drüber – einfach gigantisch, wie das hochging. Wir haben sogar extra zwei Feuerlöscher mitgeschleppt. Jederzeit alles im Griff.«

20

»Geduld«, sagte Oskar Lindt bei der morgendlichen Lagebesprechung. »Wir brauchen jetzt einfach Geduld. Eduard von Villing ist zwar gefasst, das heißt aber noch lange nicht, dass wir ihn schnell hier haben.«

»Mein Part«, unterbrach ihn Staatsanwalt Conradi. »Das Auslieferungsersuchen geht heute noch raus.«

Jan Sternberg konnte sich nicht zurückhalten: »Und dann dauert es nur schlappe drei Jahre, bis wir ihn so richtig in die Mangel nehmen können. Scheißbürokratie!« In diesem Moment traf ihn eine Tabaksdose am Kopf.

»Jan, reiß dich zusammen!«, schimpfte Oskar Lindt. »Ich bin sicher, der Herr Staatsanwalt …«

»… tut alles, was in seiner Macht steht«, ergänzte der Kurze. »Bei Mord geht das viel schneller, ganz bestimmt.«

»Mehrfachmord, Freiheitsberaubung und der angeschossene Kollege der Autobahnpolizei«, warf Paul Wellmann ein.

»Nicht zu vergessen die Toten aus dem Stollen.« Ludwig Willms kam in diesem Moment zur Tür herein und wedelte mit einem mehrseitigen Fax herum. »Hier, direkt aus Offenburg. Die haben extra eine Bergbaufirma aus Wolfach geholt, um den abgesoffenen Silberstollen trockenzulegen. Bis jetzt haben sie schon zwei Wasserleichen geborgen. Zum Teil recht gut erhalten und nicht so zersetzt wie unsere aus der Güllepampe.«

Tatsächlich musste sich die Karlsruher Mordkommission nur wenige Tage gedulden, bis der Import aus der Eidgenossenschaft auf den Weg geschickt wurde – selbstverständlich begleitet von Waldemar Küttel, der die Gelegenheit unbedingt nutzen wollte, um seinen alten Freund Oskar wiederzusehen.

Als Lindt die Nachricht bekam, gab er das Startsignal für ihren gut vorbereiteten Plan. Um die Mittagszeit des kommenden Tages sollte der Gefangenentransport eintreffen. »Umso besser«, bemerkte der Kommissar trocken. »Wir lassen ihn direkt dort hinbringen. High Noon in Knielingen!«

Gegen 10 Uhr fuhr der Wagen aus Straßburg durch die enge Einfahrt in den Hof des Anwesens. Jean Hambachers Hände wurden, bevor er ausstieg, mit Handschellen auf dem Rücken fixiert. Widerstandslos ließ er sich in die Scheune führen.

»Wir wollten Ihrem Gedächtnis etwas nachhelfen«, begrüßte ihn Oskar Lindt.

Mit großen Augen schaute der Elsässer in den weitläufigen Raum. Neben fünf uniformierten und ebenso vielen zivilen Polizisten standen insgesamt dreizehn kleine und große Möbelstücke an den Wänden entlang aufgereiht.

»Sie waren ja so nett, unseren Straßburger Kollegen in Ihrem Laden all die Teile zu zeigen, die Sie bei Ihrem letzten Besuch hier abtransportiert hatten.«

»Und wieso wurden die zurückgebracht?« Hambacher konnte sich keinen Reim darauf machen.

»Ganz einfach, wir möchten von Ihnen wissen, wie genau

diese Möbel gestanden haben.« Lindt gab Jan Sternberg das Zeichen, die Handfesseln aufzuschließen. »Bitte, legen Sie los.«

Die polizeiliche Übermacht ließ die Aussichtslosigkeit eines jeden Fluchtversuchs offenkundig werden und so machte sich der Mann resigniert ans Werk. »Kann mal jemand mit anpacken?«

Mehrere Männer halfen ihm, und als Erster fand der wertvolle Barockschrank seinen angestammten Platz wieder, schräg vor der südlichen Wand.

»Jahrelang stand der hier, immer wieder hat sie mich vertröstet. Den konnte ich wirklich nicht zurücklassen.« Der Elsässer strich liebevoll über die Intarsien, mit denen die Türen verziert waren.

Nach und nach fanden drei Truhen, ein kleiner und zwei große Tische, ein Ledersessel, vier gepolsterte Louis-seize-Stühle und eine Fußbank mit Schnitzmotiv ihre angestammten Plätze.

»Überlegen sie noch einmal«, forderte Lindt Jean Hambacher auf. »War alles genau so, wie wir es jetzt hingestellt haben? War vielleicht etwas umgefallen?«

»Umgefallen? Was meinen Sie damit?«

»Könnte ja sein. Bitte nachdenken.«

Der Franzose schüttelte energisch den Kopf. »Alles war wie immer. Die anderen Stücke standen ja teilweise schon fast ein Jahr hier drin. Es fiel ihr immer schwer, sich von einem zu trennen.«

»Gut«, antwortete Lindt. »Vielen Dank für Ihre Mithilfe. Ob sich das strafmildernd auswirken wird, kann ich Ihnen leider nicht versprechen. Und wenn wir jetzt wieder um Ihre Hände bitten dürfen.«

Sternberg ließ die Handschellen klicken und führte Jean Hambacher hinaus zum Gefangenentransporter.

»Und nun Teil zwei«, verkündete Lindt. »Ludwig, du bist dran.«

Willms stieg die Holztreppe zur Galerie empor. Oben angekommen nahm er ein langes Seil, das er zuvor dort deponiert hatte, band es am Geländer fest und ließ es nach unten fallen. »Genau an der Stelle, wo wir durch Abkleben die Faserspuren sichern konnten. Hanf übrigens, kein Kunststoff.«

Unten am Seil war ein Besen festgeknotet, den die Technik exakt auf die Länge von 1,68 Metern gekürzt hatte. Zwischen Fußboden und den Borsten blieben etwa 30 Zentimeter Luft.

Willms kam von der Galerie herunter und fing an zu dozieren: »Was wir nun prüfen wollen, ist die Frage, ob die Person, die hier gehangen hat, von einem der Möbelstücke abgesprungen sein könnte.«

Es war totenstill im Raum. Eine unheimliche Betroffenheit ergriff alle Anwesenden. Willms schnappte sich den Besen und stellte ihn senkrecht nacheinander auf alle damit erreichbaren Teile.

»Die Besenlänge entspricht exakt der Körpergröße von Irene Stoll«, erklärte er und verkündete das Ergebnis: »Diese Truhe und der nächststehende Polsterstuhl könnten infrage kommen. Sämtliche anderen Stücke sind entweder zu weit entfernt oder die Kräfte beim ruckartigen Abbremsen wären so hoch gewesen, dass ein Genickbruch hätte vorliegen müssen.«

Dr. Adelheid Salzmann, die ebenfalls zum Ortstermin gebeten worden war, hatte dieser Aussage nichts hinzuzufügen.

Oskar Lindt ließ zwei Minuten verstreichen, ehe er das Wort ergriff: »Das war keine schöne, aber eine notwendige Vorführung. Nun wissen wir mit Sicherheit, dass ein Suizid von Irene Stoll keinesfalls auszuschließen ist.«

Das Seil mit seinem starren Ende pendelte langsam aus.

Nach und nach wandten sich die Anwesenden ab und zogen es vor, sich ins Freie zu verziehen, doch auch dort konnte sich niemand wohlfühlen. Die Kälte der Steine ringsum ging allen durch und durch.

Um Viertel nach elf wurde Konstantin von Villing gebracht. Ohne anzuhalten, fuhr der Kastenwagen in den Hof. Trotz heftiger Gegenwehr stand von Villing wenig später vor dem Fahrzeug. Zwei Uniformierte schleppten ihn auf Lindts Geheiß direkt in die Scheune.

Als er sah, was dort auf ihn wartete, begann er zu schwanken. Er wäre sicherlich zusammengebrochen, hätten die beiden Polizisten ihn nicht aufrecht gehalten. Ein Heulkrampf erfasste ihn. Lindt hatte diese Reaktion einkalkuliert und wartete ab.

Nach einigen Minuten beruhigte sich der Gefangene allmählich.

»Wir haben leider keine andere Möglichkeit gesehen, es Ihnen zu erleichtern, sich zu erinnern. Haben Sie Ihrer Tante wirklich hier die Schlinge um den Hals gelegt und sie anschließend dort hochgezogen?« Der Kommissar deutete nach oben zum Geländer.

Von Villing hatte Mühe, ein Wort herauszubringen. Zuerst schüttelte er nur den Kopf. Etwas später würgte er hervor: »Nein, nein. Jetzt bin ich mir sicher. Ich habe sie genau so hier vorgefunden.«

»Kein Zweifel mehr?«

»Nein, kein Zweifel. Ganz bestimmt.« Er zögerte, dann begannen seine Augen leicht zu glänzen. »Danke. Danke, dass sie diese Last von mir genommen haben.«

Lindt ließ ihm etwas Zeit, ehe er fragte: »Wie haben Sie Ihre Tante abgenommen? Können Sie uns das zeigen?«

Von Villing schrie auf: »Nein, bitte, das bitte nicht!«

»Gut, damit wollen wir Sie nicht plagen. Ludwig, würdest du bitte …?«

Willms kam der Aufforderung nach, knotete den Besen ab, ging mit ihm zum Barockschrank, entriegelte die Türen und hielt das Teil hinein. »Die Höhe passt«, verkündete er. »Und auch an dem Querholz hier oben konnten wir Fasern vom Seil sicherstellen.« Er verschloss den Schrank und band den Besen erneut fest.

In diesem Moment bog ein weiterer Transporter in den Hof. Das Kennzeichen ›TI‹ verriet, aus welchem Schweizer Kanton das Fahrzeug stammte. Waldemar Küttel stieg als Erster aus und umarmte wortlos seinen Kollegen Oskar Lindt.

Im nächsten Moment wurde die Schiebetür aufgeschoben. Der große, kahlköpfige und bartlose Mann starrte hasserfüllt aus seinen dunklen Augen auf die Anwesenden.

Lindt war bis zum Äußersten angespannt. Er fasst sich an den Kopf. Die Wunde schmerzte wieder und seine Stimme bebte: »Bitte folgen Sie mir.« Er ging voraus in die Scheune.

Der Anblick traf den Alten wie ein Blitzstrahl. Zuerst sah er das Seil, dann seinen Sohn, der mit einem Aufschrei zurückwich.

Jede Farbe schwand aus dem Gesicht des Eduard von Villing. Wie angenagelt stand er da und starrte geradeaus.

»Wieso hat sich Ihre Schwester hier erhängt? Das wollen wir von Ihnen wissen.«

Die Antwort blieb aus. Stattdessen versuchte der Alte, sich umzudrehen und den Raum zu verlassen, doch zwei kräftige Polizisten hinderten ihn daran.

Lindt hatte keine Eile. Er setzte darauf, das grausame Bild wirken zu lassen.

»Ich bin sicher, Sie kennen den Grund für den Freitod Ihrer Schwester Irene Stoll. Sie kennen ihn genauso gut, wie Sie das Versteck der Waffe kannten, mit der Ihre Ehefrau erschossen wurde.«

Der Mann schwieg eisern.

»Sie können es ruhig sagen. Tote haben keine Strafe mehr zu befürchten.«

Keine Reaktion. Mit Stolz erhobenem Haupt stand Eduard von Villing da und schaute grimmig auf Besen und Seil.

»Sie brauchen Ihre Schwester nicht mehr zu schützen. Sie hat das getan, was Sie selbst nicht fertigbrachten. Sie hat den Ehebruch bestraft. Sie war es, die Ihre Ehefrau Luise von Villing erschossen hat.«

Der Alte begann zu beben, doch Lindt fuhr unbeirrt fort: »Und sie hat sich bereits Jahre zuvor an ihrem eigenen Ehemann Otto Stoll gerächt.«

Eduard von Villing rang nach Luft. Ein pfeifendes Geräusch drang aus seinem Brustkorb, aber der Kommissar kannte keine Gnade.

»Das war das Schlimmste, was Ihnen in Ihrem Leben angetan wurde. Die eigene Ehefrau und der eigene Schwager! So eine Schmach! Und das ausgerechnet Ihnen. Einem Mann, der sich die Frauen nahm, wie es ihm beliebte. Der sie rücksichtslos entsorgte, wenn sie ihm lästig wurden. Ihre Schwester hat es zuerst gemerkt. Je älter Ihr Sohn wurde, umso deutlicher trat es zutage: Ihr eigener Sohn, Konstantin von Villing, der Otto Stoll wie aus dem Gesicht geschnitten ist.«

Die schwarzen Augen brachen. Sie wurden kalt und starr – eiskalt. Niemand fing ihn auf, als der alte Mann vornüberkippte. Seine Atmung setzte aus und das verzerrte Gesicht verfärbte sich dunkel. Wiederbelebungsversuche blieben erfolglos.

ENDE

Unsere Lesermagazine

2 x jährlich das Neueste aus der Gmeiner-Bibliothek

24 x 35 cm, 32 S., farbig; inkl. Büchermagazin »nicht nur« für Frauen

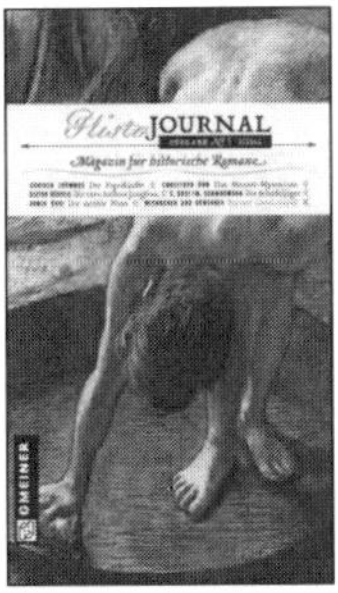

10 x 18 cm, 16 S., farbig

Alle Lesermagazine erhalten Sie in Ihrer Buchhandlung oder unter www.gmeiner-verlag.de.

GmeinerNewsletter

Neues aus der Welt der Gmeiner-Romane

Haben Sie schon unsere GmeinerNewsletter abonniert?

Monatlich erhalten Sie per E-Mail aktuelle Informationen aus der Welt der Krimis, der historischen Romane und der Frauenromane: Buchtipps, Berichte über Autoren und ihre Arbeit, Veranstaltungshinweise, neue Literaturseiten im Internet und interessante Neuigkeiten.

Die Anmeldung zu den GmeinerNewslettern ist ganz einfach. Direkt auf der Homepage des Gmeiner-Verlags (www.gmeiner-verlag.de) finden Sie das entsprechende Anmeldeformular.

Ihre Meinung ist gefragt!

Mitmachen und gewinnen

Wir möchten Ihnen mit unseren Romanen immer beste Unterhaltung bieten. Sie können uns dabei unterstützen, indem Sie uns Ihre Meinung zu den Gmeiner-Romanen sagen! Senden Sie eine E-Mail an gewinnspiel@gmeiner-verlag.de und teilen Sie uns mit, welches Buch Sie gelesen haben und wie es Ihnen gefallen hat. Alle Einsendungen nehmen automatisch am großen Jahresgewinnspiel mit attraktiven Buchpreisen teil.

GMEINER

Wir machen's spannend